f
HM
futami
HORROR
×
MYSTERY

スーサイドホーム

柴田勝家

Shibata Katsuie

イラスト　tounami

デザイン　坂野公一（welle design）

contents

第一章　サンリンボー

1

一日に何度だって思い込むようにしてる。今の状況は大した不幸じゃない、って。

中学三年生から不登校、自宅で引き籠もるようになって十五年。気づけば三十路でさ、恋人はもちろん友達だっていない。成人式なんて行かなかったし、同窓会のお知らせが届くこともない。就職なんてする気もなかったし、できなかった。バイトは面接をしようか悩むところまでは行ったけど。

じゃあ、何してるのかって？　答えは何もしてない、だ。

あれほど好きだったゲームも集中力が続かなくて触れなくなったし、漫画だって読む時間が億劫になってしまった。アニメだけはまだ好きだけど、三ヶ月ごとに新作を追う体力はとっくに尽きてて、今は子供の頃にやってたヤツの録画を繰り返して見るだけ。

とにかく悠々自適なんて程遠くて、棒状の人生を先端からゴリゴリ削っていく感じ。

休日と平日の違いはテレビ番組で知るしかないし、パソコンの前で時間を潰してる時はそれだって気づけない。目が覚めたら隠れるようにトイレに行って、帰りがけに自室のドアノブにかかってるコンビニ袋を回収する。父親が買ってきてくれた惣菜パンで腹を満たして、あとはネットをするか、ボロボロの漫画を読むかするだけ。それから溜まったペットボトルをひとまとめにしたりもする。これでも綺麗好きなんだ。

『なに昼間から煽ってんだ？　ニートがよ』

これはネットの誰かの書き込みだ。僕が書き込んだ新作ゲームへの感想を煽り扱いしてきたやつ。

『働く必要がないだけ。お前こそこんな時間に反応するなんて暇人だろ』

そんな僕の反論でネット上の会話は終わる。もっと煽り合えるかと思ったけど、相手はそれほど暇じゃなかったらしい。

『そもそも俺は祖父の遺産があるから何もしなくても食っていけるんだよ』

だから、ここから先は一人語りだ。誰も見ていないかもしれないが、とにかくネットに書き込みを続ける。こうやって架空の自分を演出することで、自分の状況から目をそらせる。これは大事なことだ。

『お前らは知らないだろうな。財産がいっぱいあって、デカい家に暮らしてると逆にすることがないんだよ』

これは半分が嘘で半分が本当だ。

今の生活を支えているのは祖父の遺産じゃないけど、十分な財産が残っている。それから家が広いのは本当。父親が一所懸命にローンを組んで建てた一軒家だ。まぁ、埼玉県の端の方だから土地は安かったはず。

多分、この家の居心地が良かったせいで僕は引き籠もりになった。

一応は裕福な家庭だから何でも買い与えてもらえた。父親は何も言わなかったし、母親はニコニコと笑うだけ。僕の人生で唯一の欠点だった弟の存在も、今では無視してしまえるほどだ。

ただ最近、少しだけイヤなこともある。

「ソウスケ、お風呂入っちゃいなさーい」

これは僕の母親の声じゃない。隣家に暮らす家族のお母さんのものだ。

「まだ入んない！」

で、こっちがソウスケ君の声。二階の子供部屋は僕の部屋の真ん前で、しかも窓を開けっ放しにしてるもんだから丸聞こえ。小学生くらいかな、無邪気なソウスケ君は自分の部屋の向かいに僕みたいな人間が住んでいることを知らないんだ。

「ソウスケ！」

バン、と遠くで扉が開かれる音。

「早く入っちゃいなさい」

「ゲームしてるから！」

さぁ、始まった。いつもの言い合いだ。ソウスケ君は一人っ子でワガママなんだ。お母さんの方も子供が自分の思い通りにならないと怒っちゃうタイプ。これは僕の母親も同じだった。

「入りなさい！」

「やだ！」

自室の窓に視線を向ける。閉めたままのカーテンが隣家の明かりを透かして、その向こうでは二人分の影が左右に揺れている。

「言うこと聞きなさい！」

ギャアギャアと騒ぐ声が聞こえる。そろそろソウスケ君が反撃する頃だ。ガン、と何かがぶつかる音。それと同時に愉快な音楽が消えたから、これはきっと携帯ゲーム機が投げつけられたんだろう。癇癪（かんしゃく）を起こした子供の方か、それとも母親の方かな。

「うるさい！」

そんな捨て台詞を吐いてソウスケ君が去っていく。その後に続いたお母さんの声は怯（おび）えてるようで、さっきの一撃の犯人はソウスケ君だろうと予測できた。

そうして、ようやく静けさが帰ってきた。

僕はカーテンの端を開いて隣家を覗き見る。すると子供部屋の窓を閉めるお母さんの姿が目に入った。

三十代の後半かな。身綺麗にしてるけど、表情だけは若々しいとは言えない。眉根を寄せてさ、唇は悔しそうに横一文字。とにかく全部に疲れてる。そんな母親っていう生き物の表情は、僕にもよく見覚えがある。

ピシッ、と向こうのカーテンが引かれた。僕が親子喧嘩を観察していたのは最後まで気づかれなかった。

つまり、これが少しだけイヤなことだ。

少し前に、いつの間にか隣の家が売りに出されてた。リフォーム工事の音で昼間は眠れなかったし、いざ新しい家族が入ってきたら、向こうはこっちに人間がいるとも知らずに大声で喧嘩する始末。長く続いた平穏な生活が、この数ヶ月は乱されっぱなしだ。

だけどさ、僕はソウスケ君には同情的なんだ。

確かに彼は生意気な子供だけど、それは仕方ない。問題は夜遅くにも夫婦喧嘩の声が聞こえること。そんな環境で一人部屋を与えられたら誰だってそうなる。少なくとも実例がここにいる。

「これでソウスケ君も引き籠もりになったら、ケッサクだな」

そしたら友達になってやろう。僕は引き籠もりの先輩だ。物が溢れる子供部屋で向かい合って、同じような顔になった彼と窓越しに語り合うんだ。まるで青春マンガ、絵面は最悪だけど。

「頑張れよ、ソウスケ君」

それは後ろ向きの応援だ。世間から顔をそらして生きていけ、っていう。

2

隣の家族のこと、確かにイヤだなって思ってた。

でも最近は、少しだけ楽しみにしてる自分がいる。暇な日常への新しい刺激だった。カーテン越しの観察だけど、それだけで社会と繋がっているような気持ちになれた。

「ソウスケ、いつまで遊んでるの」

今日も始まった。子供部屋で争う二人の声。僕の部屋は照明もつけてないから、カーテンの向こうに影がよく映える。小学生の頃、児童館で見た影絵芝居にそっくりだ。

「うるさい！　黙れ！」

「ソウスケ、そんな言葉使わないで！」

もしかしたら、自分より不幸な相手を見つけたから安心しているのかもね。いや、本当は僕の方がよっぽど将来性はないんだけど、でも他人の家族が荒れていくのは心地よかった。

「うるさい、ババア!」

「ソウスケ!」

「しね!」

その一言が出た時、大きな影の方が手を振った。ぱしん、と肉を打つ音だ。ついに打ったな、って思った。むしろソウスケ君の方が言ってはいけないことを言ったんだ。

とてもイヤな気分になる。僕が初めて母親に打たれた時と同じ言葉だ。彼は本当に僕に似ている。いや違うな、甘やかされた子供はみんな同じで、どこかで大人になるヤツと、ならないヤツがいる。

僕は大人にならなかった方。

ふと見れば、カーテンに映る影は動かなくなっていた。不安になってカーテンの端を持ち上げて様子を窺う。大丈夫、開けっ放しの窓から二人の姿が見える。

ただ、お母さんの方は声もあげずに泣いていたし、ソウスケ君は憮然とした表情で立ち尽くしている。ソウスケ君もお母さんも、罪悪感で胸がいっぱいになっているはず。

おそらく今日の親子喧嘩はこれで終わりだろう。

これは予想だけど、きっとお母さんの方は部屋を出ていって、お父さんを呼びに行く。

そしてソウスケ君は、今度はお父さんから怒られる。

なんて思っているうちに、ソウスケ君のお母さんは険しい表情のまま部屋を出ていった。予想通り、というか、僕の時と何もかも一緒だった。

だから、僕は自室を出ることにする。

正直に言って、ここから先の風景は見たくなかった。お父さんに怒られるソウスケ君を見れば自分の過去を思い出すし、万が一にも怒られなかったら、嫉妬してしまいそうだった。

こんな早い時間に一階に降りるのは久しぶりだ。ついでに風呂にも入ろう。父親と鉢合わせするのはゴメンだが、きっともう眠っているはずだ。

壁に手をつきながら階段をくだっていく。角の白い壁には薄らと黒ずみが浮かんでいる。それは僕の手形でもある。この家で暮らして三十年、階段を使うたびに僕は同じ場所へ手をついてきたから、それが自然とシミとなって残ったのだ。

僕は家に残った人生の証と手を合わせる。

「あと何回つけるかな」

それから、そそくさと一階の廊下を歩く。少し小腹が空いたので、風呂に入る前に食べ物を回収することにした。リビングを横切って、キッチンへ。無駄に大きい冷蔵庫には作り置きのものが大量に詰め込まれている。

プラスチック容器を片手にリビングへ戻る。中身の筑前煮を取り出し、冷たいまま口へ放る。味はどうでもいい。

リビングは街灯の明かりに照らされているから、わざわざ電気を点ける必要もない。次第に目が慣れてくれば、久しぶりに見たリビングの姿が浮かび上がってくる。今となっては父しか座る人間のいない大型ソファ、コンセントから抜かれてるテレビ。壁にはカチカチとうるさい掛け時計に、いっちょ前に写真の貼られたコルクボードがある。

大体は幸せだった頃の家族写真だ。父親がいて、母親がいて、僕がいる。小学生の頃にキャンプに行った時のものや、海水浴へ行った時のものがある。薄っぺらな写真の中で僕は笑っている。

父親が一人、それを眺めている姿がありありと想像できる。あの人にとっては、テレビなんかを見るよりよっぽど楽しいのだろう。

「懐かし」

改めて見れば、僕自身も楽しい気分になってくる。

そんな写真たちの一枚に、僕と祖父が並んで写っているものがあった。秩父にある祖父の家へ遊びに行った時のものだ。

祖父の家は養蚕農家だった。自宅は二階が巨大な蚕室になっていて、そこには白い繭の詰まった木枠――まぶしというらしい――が並んでいた。鮮やかな緑色の桑の葉に、真っ白な蚕の幼虫が這っていた姿も覚えている。

あの頃、僕は大量の蚕を手のひらに乗せて喜んでいた。その様を思い出し、ふいに怖気立つ。子供の頃は虫が好きだったから興奮したけれど、今では虫がまるきりダメになってしまった。結局、日常の中にない存在は怖いのだ。

そんな思い出を振り払うように風呂場へ行くことにしたけど、やはり思い出すものはあったんだろう。

「偉そうな顔すんなよ、寄生虫野郎」

これはネット上の誰かから投げつけられた暴言。

風呂に浸かりながら、顔も見えない誰かの悪意を反芻する。湯船から溢れた水でイヤな気分を押し流す。

どうして思い出したのだろうか。きっと、祖父が蚕につく寄生虫や色んな虫について教えてくれた過去があったから、なんとなく連想したんだろう。

寄生虫というのは、実家でぬくぬくと暮らしている僕にはぴったりの言葉だ。それに僕は実物の寄生虫だって尊敬できる。アイツらの中には宿主と上手く共生するものだっている。そうでない方は宿主を内側から食い潰してから外へ出るんだけど。

たとえば、ジガバチという寄生バチがいる。

これは面白いハチで、その辺のアオムシを捕まえると自分の卵を産み付けてから、地中に掘った巣へ閉じ込めるらしい。その上で蜂はジガジガと羽音を鳴らして飛ぶ。その音を漢字にすると「似我」で、つまり地中のアオムシに「我に似よ」と呪文をかけている様子だという。昔の人にとっては、愚鈍なアオムシが美しいハチになって出てくるのは神秘的だったのかもしれない。もちろん、哀れなアオムシは幼虫の餌として食い破られているだけだが。

「じゃあ、ソウスケ君に呪文かけてやらないとな」

僕は残念ながら綺麗なハチではない。でも寄生虫としての役目を果たしてやろう。そんな薄暗い欲望が沸き起こってくる。

「僕は、ハチっていうよりハエだな」

そう自嘲しつつ、手で湯を掬ってみる。どれだけ綺麗にしても、壁に染み付いた手形は消えない。

3

その日は父親の怒鳴り声で目を覚ました。

あの父親が、誰からも隠れて生きているような人間が、声を荒らげて誰かを罵っている。

その相手が自分でないことにまず安心する。

「なにやってんだ、アンタ！　常識はないのか！」

声は玄関の方から聞こえる。怒り慣れてないから声が震えている。父親の声そのものだ。

「いいから持ってかえれよ！　なぁ！」

その言葉から、何か訪問販売でもやってきたのかと思った。でも答えは違ったらしい。

トイレに行くついでに階段から様子を窺ってみた。玄関までは見通せないから一歩ずつ下りていく。

「怒鳴らなくてもいいじゃないですか」

すると、今度は別の男性の声が聞こえた。父親よりは若いだろう。

「ちょっと煩くするかもしれないから、先に謝りに来たんですよ」

階段の途中、いつもの手形のところまで来て、ようやく声の主が判明した。水色のポロシャツに短く刈った髪。上背のあるスラッとしたシルエットには見覚えがある。隣家の主人である、ソウスケ君のお父さんだ。

そんな彼の前に、ずんぐりとしたイノシシがいる。

もう頭髪を整えることもなくなったから、チリチリ髪が左右に散って頭頂部のハゲが目立っている。汚れたタンクトップと半ズボンは目の前の爽やかな男性と対照的だ。恥ずかしいけれど、あれが僕の父親だ。

「煩くするとか別にいい。ただこんなモン、受け取れないって言ってるんだ」

　そう言って父は、手にした紙袋をソウスケ君のお父さんに押し付ける。

「こんなモンって何ですか。別にアレルギーとか……」

「アンタな、今日が何の日か知ってるのか！」

　玄関先で父親が声を張り上げている。聞きたくない声だけど、成り行きが気になってしまう。

「何の日って、こどもの日でしょう」

　ソウスケ君のお父さんはキョトンとした感じで答えた。まさか「こどもの日」だから怒っているのか、とでも言いたげだ。ただ僕もさすがに思いたくないけど、「こども」というものが父の癇に障った可能性はある。

　ただ、父の答えは少し異様なものだった。

「サンリンボーの日だ！」

　きいん、と大きな声が広い家に反響していた。

　それから無言の時間が続いた。薄暗い玄関に父親が立っていて、対するソウスケ君のお父さんは外からの光を背に受けている。次第に色がぼけて、全部が白と黒に分かれていく。

「よく、わかりませんけど」

　先に口を開いたのはソウスケ君のお父さんだ。

「日が悪かったなら、出直します」

「そうしてくれ」

　結局、ここはソウスケ君のお父さんが引くことにしたらしい。正しい判断だ。僕だって、あんな父親を見るのは初めてだ。できるなら関わりたくない。

「でも、夜は少し煩くなるかも」

「いい、別に。そんなのは。怒鳴って、悪かった」

　荷物を持ち帰ることが決まったら、それだけで父親は大人しくなった。ソウスケ君のお父さんも、それまでの口論のことは水に流してくれたようだ。

　これで終わりか。

　僕は満足して自室へ戻る。つくづく性格が悪いと思うが、誰かが口論している姿は見ていて楽しい。特に自分に関係ないところで争っているなら、不安に思うものもないから一番だ。

　それに、あの父親が誰かを怒鳴っているのは痛快だった。それだけで、悪い人間は僕だけじゃないって思えるからさ。

　でも、どうして父親は怒っていたんだろう。〝サンリンボー〟というのは、何か意味のある言葉なのか。

　調べても良かったけど、なんとなく眠かったから後回しにした。このまま夕方まで二度寝してしまおう。

4

次に目を覚ました時、窓から煙が入り込んできていた。

炭火のにおい、肉が焼ける音、それから子供の笑い声。きっと庭でバーベキューをやってるんだ、って、すぐに思いついた。自分にも覚えがあったから。

「肉ばかり食べないの」

ソウスケ君のお母さんの声だ。叱っているようだが、この間みたいな不機嫌さはない。時折聞こえる愉快な音楽はゲーム機からのもので、きっと買い直してもらったんだろう。庭先で遊びながら、夕飯はバーベキュー。なんとも贅沢なことだ。

「パパも対戦やってよ！」

でも、きっと今日だけは怒られない。

こどもの日だから、今日はソウスケ君のことを一番にしようって、隣家のお父さんとお母さんで決めたのかもしれない。

少し様子が見たくなったので、ベッドから身を起こして窓辺へ近づく。風に揺れるカーテンをめくれば、まず向かいの家の子供部屋が目に入った。

そこに何かがあった。

少し距離があるからわからない。最初はソウスケ君が飾っているヒーローの人形かと思った。しっかりしたケースに入っていて、凝った衣装を着た人形が剣を持っている。赤い顔をして、ヒゲをぼうぼうに生やした武人の姿。

これまでソウスケ君の部屋にはなかったものだ。それが何だかイヤなもののように見えた。

ああ、五月人形だ。

こどもの日は端午の節句で、それは男児のお祭りだ。僕にも覚えがある。似たようなものを持っていた気がする。この頃になると、父親がリビングにケース入りの五月人形を飾っていた。

羨ましいな、って。

つい、そんな視線で隣家の庭を見てしまった。バーベキューセットを囲んで笑っている三人。お父さんは肉を焼いていてさ、お母さんはソウスケ君からゲーム機を見せられている。幸せってヤツがさ、灰色の煙になって僕の方へ漂ってくる。

子供に嫉妬するなんてどうかしてるけど、そこは今さらだよ。ソウスケ君は恵まれていて、僕はそうじゃない。

ソウスケ君はお母さんに「しね」って言っても仲直りできたね。でも僕の母親は、仲直りすることもなく死んでしまったよ。お父さんに怒られても、やろうと思えば一緒にゲームをできるね。でも僕と父親は話をすることもなくなったよ。五月人形を飾ってもらえて良かったね。でも僕はもう子供じゃないし、あの鎧兜は捨てられてしまったよ。

我に似よ。

我に似よ。

僕は楽しそうに笑うソウスケ君に呪文をかける。綺麗な蝶になんてならないでくれ。せめてハチ、できるなら僕と同じハエになってくれ。

「蚕には、ハエがつくんだ」

唐突にそんな言葉を思い出した。祖父の声だ。白い繭を持って、それを左右に振りながら教えてくれた。繭からはカラカラと乾いた音がする。

「ハエにつかれると、蚕はサナギのまま死ぬんだ」

祖父がハサミで繭を切り裂いていた。中を開けば、縮んだ蚕のサナギと黒豆みたいなものが入っていた。それがハエのサナギだという。蛆虫がサナギになった蚕を食い尽くして、あの綺麗な白い繭を乗っ取ったんだ。

「これはイヤなもんだ」

そう言って、祖父は黒豆を忌々しく踏み潰した。

そこでようやく、僕がなんでハエだったのか思い出せた。僕は真っ白な繭の中で育つ蛆だった。きっと両親が期待していたのは役に立つ蚕で、でも僕という寄生虫が可能性を食い潰してしまったんだ。

「あは」

それに気づいたら、つい声を出して笑ってしまった。

だって面白かったからさ。

でも参ったな。風に消える程度の声だったのに、ソウスケ君は動きをピタリと止めて、僕の部屋の方を見上げている。聞こえてしまったのかな。しっかりと目が合う。

生意気そうな顔。しっかり切り揃えられた黒い髪。健康的な肌。くりくりと大きな目がどんどん見開いていって。

悲鳴が一つ。

子供っていうヤツは、急に訳もなく叫ぶ。周囲のことを考えない時分だから、とにかく大きな声になる。この辺の全ての家にまで響き渡るような。

「おばけがいる！」

でも、その言葉はイヤだな。

僕はスッと身を引いて窓辺から離れる。外から聞こえてくるのはソウスケ君の泣き喚く声と、それを必死になだめようとする両親の声。肉も焼きっぱなしで、きっと焦げてる。

「我に似よ、我に似よ」

ソウスケ君の真っ白な幸福が、いくらか黒ずんだように思えてきて、なんというか、とても気分が良かった。

5

隣の家が火事になったのは、それから一週間後のことだった。

深夜の火事だったから、お父さんも、お母さんも、ソウスケ君も逃げ遅れて全員死んでしまった。

その日、僕は珍しく十二時前には寝ていて、目を覚ました時には手遅れだった。窓の向こうには黒い煙が漂っていて、またバーベキューでもやってるのかな、って思った。でも煙の量は尋常じゃないし、消防車の音が煩くなって、炎の明かりで部屋の中は昼間みたいになった。距離があるから延焼はしないと思っていたけど、さすがに気になってしまう。

小さくカーテンを開いてみれば、目の前の家がゴウゴウと燃えていた。知らなかったけど、火事っていうのは予想以上に音がする。黒い煤が赤い背景の中で散っていく。

そんな光景を見てから、僕はもう一度ベッドに戻った。

もう消防車は来ているみたいだし、今から僕ができることは何もない。万が一にも延焼したら大変だけど、かといって生き延びるために家を出る気力もない。

次に目を覚ました時に死んでいたらラッキー、くらいの気持ちだった。死んだら目を覚ますこともないけど。

それに、この時はソウスケ君たちも無事に避難してると思ってた。

確かに、ソウスケ君の部屋の窓には黒い手形がいくつも付いてたよ。溶けて歪(ゆが)んだ窓を、必死に開けようとしたのだろうか。いや、これだって僕の見間違いだったかもしれない。

とにかく、ソウスケ君の一家は全員が死んでしまった。

これだって近所の人に聞いた訳じゃなく、ネット上のニュースで知っただけだ。今まで音だけ覚えていたソウスケ君の名前も知れたけど、それは面倒な漢字だったから忘れてしまった。

その時はさすがに驚いた。

他人事ではあったけど、何かの間違いだろうって思っていた。でもニュースに使われていた写真は間違いなく隣の家だった。外壁は比較的に無事だったのに、中身がグズグズに焼け落ちていたようだ。お父さんとお母さんはリビングで、ソウスケ君は階段の途中で死んでいたらしい。

僕は隣家が取り壊される音を聞いている。

リフォーム工事の時も煩かったけど、今度はそれ以上に破壊的な音ばかりで気が滅入る。

可哀想なソウスケ君。どうせなら僕みたいな人間が死ねば良かった。さんざん不幸になってしまえと願っていたけど、いざ僕よりヒドい目に遭うと憐れみの気持ちしかない。

そんなことを考えていると、廊下を歩く音が聞こえてきた。父親だとは思うけど、こんな夜更けにあの人が二階に来るのは珍しい。

ゆっくりとドアノブが回っていく。

こうなると僕も起きざるを得ない。父親が部屋に入って来ようとしている。そんなこと、もう何年もなかったことだ。

ギッ、と鈍い音を立ててドアが開く。何気なく床に置いていた段ボールが押されて、ストッパーのようになってしまう。

「おい」

小さく開いたドアの隙間から声がかかる。

「これどかせ」

空間に亀裂が入ったみたいだった。部屋が外から裂かれて、大きな目が覗いてくる。蚕の繭に刃物を入れて、中身を確認するみたいに。

「なんで入ってくるんだよ」

「いいから、どかせ」

有無を言わせない父親の声だった。いつもは覇気がないくせに、僕を怒る時は必ずそんな声を出す。それが大嫌いだった。

「はやくしろ」

僕は観念して、ドアと壁の間で突っかかってる箱を足でどかす。その途端、ドアが大きく開かれて、父親の太い足が入り込んできた。

「なぁ、おい、なんで」

僕の呼びかけは無視された。

久しぶりに見た父親の顔は、以前に見たものと印象が違っていた。寝間着のタンクトップ姿は変わらないけど、ヒゲは伸ばし放題で、左右に散った頭髪も逆だっている。何より、酒でも飲んでいたのか、顔が真っ赤だった。

「おい、おい」

何度呼んでも父親は反応しない。それどころか、無言のままに僕の部屋を荒らし始めた。テーブルの上の荷物を乱暴に落とし、布団を引っ剝がし、そこかしこにある段ボールの中を検めていく。

「何してんだよ」

最初は呆気にとられたけど、父親が何か僕の部屋で探しものをしているのだと思った。それは間違ってないのだろうけど、どうにも鬼気迫るものがあった。

「やめろよ！」

いよいよ耐えきれなくなり、僕は父親の肩に手を伸ばす。彼の体に触れるのは十年ぶりだった。

でも、返ってきたのは暴力だった。

殴られたんだ。そう思った時には背後へ尻もちをついていた。しかも父親は、そんな僕を見て慌てるどころか、胸ぐらを摑んで顔を近づけてきた。

「どこに隠した」

「何を」

「腐らせたんだろ、なぁ。勝手に贈って」

「何を言ってるか、わからない」

「アレはな、サンリンボーのすじだぞ！」

まただ。父親はあの意味不明な言葉を繰り返している。

それから父親は僕を殴り始めた。殴られる理由がわからない。サンリンボーだから、僕が呪った、そうでなきゃ呪われた、そんな言葉を浴びせながら何度も殴ってくる。

「サンリンボーだから、燃えたんだ」

何度も何度も、父親は僕のことを殴ってくる。血が出ても、謝っても無駄だった。不意に手が止まったかと思えば、父親はまた部屋のあちこちを調べる。それが済んだら、また僕の方を向いて殴りかかってくる。

そんな時間が、朝まで続いた。

6

全身が痛い。

何度も起き上がろうとして、少し体を動かしただけで血管に針を詰め込まれたような痛みが走る。それから逃げるように体をベッドに沈めて、意識を閉ざすつもりで何回も眠った。

ようやく痛みが和らいできたのは夜になってからで、この日は父親が部屋にやってくることはなかった。

理不尽な暴力を受けた日、つまりソウスケ君の家が火事で燃えた次の日から、父親は不定期に僕の部屋を訪れるようになった。そのたびに「サンリンボーのモノはないか」と言って部屋中をひっくり返す。いくら探しても何も出ないのに、僕がそれを隠したとイチャモンをつけて殴ってくる。

何度も、何度もだ。

部屋に鍵なんてないし、荷物で塞いでも必ず効果はない。父親はドアの前でずっと呼びかけてくるし、僕だってトイレに行くために外へ出る必要がある。そういった小細工をした日は、もっとヒドい暴力を受けることになる。

僕の部屋はすっかり荒れ果ててしまった。もとより持ち物は多い方だったけど、それだって自分なりに秩序だって置かれていたんだ。でも、今はそれを直す気力もない。

今はただ、父親が来ないことを願うしかない。来てしまったら、大人しくドアを開ける。何もないのを確認してもらって、謝りながら殴られる。これが一番、楽になれる方法だ。

確かに理不尽ではあるけど、どこかで諦めもあった。

父親はずっと耐えてきたのだ。それが何か「サンリンボー」なるもののせいで決壊してしまって、僕への憎しみを爆発させたのだろう。

それは仕方がない、僕は寄生虫なのだから。

でも。

あの何事にも無関心だった父親を豹変させた「サンリンボー」とは何だ?

正直に言って、このままだと父親に殺されるかもしれない。別にそれはいい。将来に期待なんてしてないから。

ただ「サンリンボー」のことは知りたかった。意味不明な理由で殺されるのだけは納得できなかった。

『最近、父親がサンリンボーという言葉を使います。これはどういった意味なんでしょう。わかる方はいますか?』

○3○

久しぶりにパソコンを開いて、そんな文言をネット上に投稿した。質問の答えが来るまで時間はあるだろう。

ずっと待っていても良かったけど、椅子に座っていると肋骨付近が痛くなってきた。この姿勢で息をすると苦しく感じてしまう。

何度目だろうか、僕はベッドに横たわる。

暗い部屋の中でモニタの光だけが照っている。聞こえてくるのはパソコンのファンの音、それからノイズじみた虫の鳴き声。クビキリギスだろう。

ふと視界の端でカーテンが揺れた。

窓は開けてない。もう誰の声も聞こえてこないから。

街灯か、月明かりか、そんな儚い光がカーテンに影を透かしている。隣家の残骸ではないから、どこか遠くの家の屋根かもしれない。それがユラユラと形を変えている。

それがたまに人間のような形を作るものだから、つい声を上げてしまいそうになる。

怒られていたソウスケ君。ただ呆然と立ち尽くすだけで、お父さんは君を許してくれたかな。それなら良かったね。

うつらうつらと夢と現実の間を漂っている。妄想と夢とが交互に脳裏に浮かぶ。いつ寝てしまったかもわからないが、次に目を覚ましたのは明け方だった。

夢心地のまま体を引きずるようにパソコンの前まで行く。夢の中では何度もネット上の書き込みを確認していた。だから、これも現実のものか判然としない。

『サンリンボーについてですが』

しかし、その書き込みをみて一気に目が冴えてくる。

『一般的には、漢字で三隣亡と書きます』

僕の投稿に誰かが返事をくれていた。それを見た時には無条件で喜べたけど、その後に続く言葉を読むうちに、そんな気分は吹き飛んでしまった。

『これは凶日、つまり悪い日のことで、この日に建築関係のことを行うと不幸になると言われています。それも読んで字の如く、三軒隣の家まで亡ぼすという意味で、とても恐れられています』

その書き込みの主は懇切丁寧にサンリンボーについて教えてくれた。一般的には気にしないものの、建築業界では未だに三隣亡の日を避けるらしい。

『それは、たとえば隣の家が三隣亡で不幸なことになったら、自分の家も不幸な目に遭ったりしますか？』

僕の訴えへの反応は遅かった。何時間かして、ようやく一言だけ。

『迷信だと思いますが、気になるのでしたら暦を調べてみるのもいいかもしれません』

顔も見えない誰かは、丁寧にカレンダーの載っているウェブサイトを教えてくれた。暦注という、日ごとの運勢まで細かく記載されているものだという。

ネット上の会話を切り上げて、僕は日付を一つずつ確認していく。

そこには一粒万倍日とか、母倉日だとか、いまいち馴染みのない文言が並んでいる。同じ日であっても、何をしても良い日だとか、畑作業だけはダメとか、色んな理由で日々の吉凶が変わっていく。

これを見れば、いくらか気が休まるものもあった。

だって同日で吉凶が重なることは普通のことだからだ。細かいことは知らないけど、ルールが違う運勢を日ごとに割り振れば、必ずどこかで重なってしまう。仏滅なのに良い日があったり、大安なのに悪い日があったりする。

だから、隣家の火事だって何も関係ない、って思えた。火災に遭った日だって、暦の中では吉日だった。

そう思いながら、さらに遡って暦を調べていく。

五月五日、端午の節句。大明日。

――三隣亡。

「ああ」

父親があの日、どうして怒っていたのか、ようやく納得できた。確かに当日はサンリンボーの日だった。

でも、これだけで不幸が起こるものだろうか。三隣亡の日は家を建ててはいけない日だ。

だとしたら、隣家がリフォームを始めた日はどうだろう。

あれはまだ寒い日だった。一日中窓を閉めていて、それでも外から聞こえてくる音に辟易した。多分、一月の末頃。

「あった」

思わず声に出ていた。一月の二十五日、三隣亡。

もしかしたら別の日だったかもしれない。わざわざそんな日を選ぶはずはない。でも、この日だったのなら、隣家の不幸は家が新しく建てられた瞬間に決まっていたことになる。

そんな馬鹿なことがあってたまるか。ましてや、その不幸がこっちにまで及ぶなんて。

きゅう、とガラスを擦る音がした。

振り返っても何もいない。父親が来る気配もない。

何もかも、ただの偶然のはずだ。

サンリンボーの。

なんだろう、何か父親は別のことを言っていた気がする。

『丁寧にありがとうございます。もう少し自分でも調べてみたいと思います』

最後にネット上で返信をしてから、僕は再びベッドへと向かう。そろそろ肋骨の痛みが増してきた。

ベッドに横たわれば、またカーテンを透かして影が見える。何日か前は、もっと人間らしい動きをしていたはずなのに、今では無機質なものになってしまった。

『もし、何か不幸なことで困ってるんでしたら』

これはネットの書き込み。この時間、僕の見ていないところで誰かが返事を書いてくれていた。

『ネットで有名な〝助葬師(じょそうし)〟さんに相談してみてください』

その言葉を、僕は翌日に見ることになる。

7

次の日から、僕はネットを使って色んなところに相談を持ちかけた。

少しでも反応をくれた人へ、手当り次第にサンリンボーについて尋ねてまわった。単なる荒らしに思われることもあった。関係のありそうな人のところへ書き込みに行った。意味不明な言葉だって言われて、まるで耳を貸してくれないことも多い。

何度も爪を噛(か)んで、頭を掻(か)き毟(むし)って、とにかくパソコンの前で返事が来るのを待った。

気づいて欲しい。見つけてくれ。僕を助けてくれ。

誰か、助けて。

「どこに隠したんだ」

今日も父親は僕の部屋を探している。いよいよ刃物を持ち出して、まず布団を切り裂いて、次にベッドマットの中まで確かめ始めた。スプリングが剝き出しになって、もう安心して眠れないな、って、どこか他人事に思っている自分がいた。

「早く出せ」

父親が壁紙を剝がしていく。それが終わったら、今度は僕を殴ってくるだろう。さすがに手にした包丁で刺してはこないだろうが、それだって時間の問題だ。なりふりなんか構ってられない。父親が何を探しているのか、何が悪かったのか、その答えを見つけないと僕は殺される。

「なぁ、お父さん」

こんな状況になって、僕は初めて父親に呼びかけた。そう呼ぶのも数年ぶりだった。

「サンリンボーって、なんだ」

ぐるん、と眼球だけを動かして、父親が僕の顔を見た。

「悪いモノだ」

「悪い日のこと？」

「違う、すじの話だ」

そうだ、父親はサンリンボーのすじと言っていた。日が悪いとも言っていたけど、そっちじゃない意味は未だにわからない。

「いいから、出せ」

そう言ってから、父親は最後に窓辺へ立つ。遠い街灯の光が、中途半端に父親の顔を照らしている。

「なんで見てるんだ」

「え」

きゅ、とガラスを擦る音がした。

がらら、と父親が窓を開け放つ。あの日から、ずっと開けて来なかったものだ。風が吹き込む。

焦げ臭いものが部屋に溢れる。もう何日も経っているはずなのに、イヤなにおいが部屋に満ちていく。

「おい」

風に舞ったカーテンの裏から、父親が低い声で呼びかける。

「おい」

父親がカーテンを払って近づいてくる。拳を振り上げる。身構えた直後に頭頂部に痛み。それが単なるゲンコツであって欲しいと願った。包丁なんて突き立てないでくれ。

「隠したのか」

何度も殴られる。それはいい。お願いだから包丁は使わないでくれ。冷静でいてくれ。何もない時なら、不意に死んでしまっても良いとさえ思っていた。でも違う。こんな状況では死にたくない。そう思ってしまう。

何度も、何度も殴られて、父親が飽きるのを待った。痛みはどんどん増してくるし、頭皮が裂けて血が流れてきた時は焦った。冷たい液体がこめかみを伝うのはイヤなものだ。血が温かいなんて嘘だ。外へ出た瞬間に、自分の血は異物になっている。

「明日、また来る」

膝を抱えて耐えていた。

最初に思ったのは、生きてて良かった。次に思ったのは、いよいよ今度は殺される、ってこと。

何もかも、サンリンボーのせいだ。

ソウスケ君たちが死んだのもそのせいだし、隣の家を破滅させるというのも正しい。もう父親はダメだ。この家も安全なものではなくなってしまった。

でも、どうして。

僕はすがるようにパソコンの前に座る。

『助けてください。死ぬかもしれません』

その返事なんて、無いと思っていた。意味不明な言葉だって。

『どんな状況ですか？』

だから、その言葉があった時も見間違いだと思った。

『私は〝助葬師〟と呼ばれている者です』

いつかの書き込みで知った存在だ。どんな相手なのかはわからない。ただ不幸なことがあったら相談すればいいと言われていた。

『サンリンボーの、祟りだと思います』

必死の思いでキーボードを打つ。額から血が滴るけど、拭いている時間すら惜しい。

『サンリンボーは、三隣亡ですか？』

早く、早く返事が欲しい。

『そうだともあい』

もうまともに字が打てない。でも、伝わっていて欲しい。

『話r追肥だとアキいてます』

『〝そうだと思います、悪い日だと聞いてます〟ですか？』

『はい』

『他に何か、サンリンボー以外に思い当たるものはありますか？』

『わかりません』

『何か思いつくことがあったら、今後は個人的に連絡をください。メールアドレスを教えます』

そんなことを言い残して、そのまま返事が止まってしまった。自分じゃわからないから逃げたんだろうか。この人もダメなのだろうか。〝助葬師〟なる人物が何者かは知らないけど、結局、僕の不幸をどうにかすることなんてできない。

だんだんと意識が朦朧としてくる。肋骨が痛くなってくる。

耐えられない。少しだけ、少しでいいから休みたかった。スプリングが剝き出しのベッドへ体を放る。もう安心した眠りなんて訪れない気がするけど、今はこれでいい。

ふと、頭の方から風が吹いてきた。窓を閉めるのを忘れていた。

カーテンが翻る。窓枠の向こうに月が見える。街灯の光もわずかに。

真っ白なカーテン。今は何も映っていない。

8

何度だって思い込もうとしてた。自分は不幸じゃない、って。

中学三年生の頃、不登校になって、家に引き籠もるようになって、父親から怒られて、家族がバラバラになって、母親と喧嘩して、死ねって言ってしまって、その直後に死んでしまって。

○4○

母親の保険金のおかげで、何不自由なく暮らせるようになった。でも父親とは口を利かなくなった。

『サンリンボーの祟りですよね』

ネット上では〝助葬師〟の書き込みが続いていた。でも、僕はそれに返事をする気力もない。

『もしかして、三隣亡の日に何か贈り物をもらいましたか？』

僕は蚕に寄生するハエだった。真っ白な家を食い潰す黒い豆粒みたいな存在だった。

『もし思い当たるものがあるなら、すぐに贈られた物を捨ててください。それは三隣亡の呪いです』

だから仕方ない。

祖父がアレを踏み潰したみたいに、僕も父親に、いやアイツに殺される。

『もし、見つからないなどで、捨てることができないようでしたら、それはもっと悪い呪いです』

誰かが二階に上がってくる。足音が部屋に近づく。

ようやく理解できた。あれは父親なんかじゃなくて、ただの誰かなんだ。

『三隣亡の日に、呪いたい相手に気づかれないように贈り物をして、その中身が腐ると呪いが完成します。どうしても贈り物が発見できないようでしたら』

　とても億劫だ。家から出たくない。もう十五年も同じ部屋の中で平穏に過ごしてきた。それがどうして、たった一日のせいで、三隣亡なんていうモノのせいで終わらないといけないんだ。

　足音が止まる。

　僕は体を起こす。荷物をドアと壁の間に詰めておいたけど、力を加えれば簡単に破られてしまうだろう。

『あなたは今すぐ――』

　決断しないといけなかったんだ。あの〝助葬師〟の言葉が脳裏に浮かぶ。ネットの書き込みでしかない、声でもない文字列のくせに、何度も頭の中で反響している。

『家を出てください』

　もっと早く逃げ出せば、何か違ったのかな。でも僕は、あの忠告に従うこともせず、今も一人で押入れの奥へと隠れた。

　ドアノブが回る音がした。

　暗闇の中では音で想像しかできない。ギシギシとドアが軋む音がする。荷物で作ったバリケードなんて意味はなくて、アイツは体全部でドアを押し広げようとしているはず。

「おい」

　薄い襖戸の向こうからアイツの声がした。

見過ごしてくれるはずがない。どうせ見つかる。でも、結局はどっちでも良い。死んでも、死ななくても。ほんの数秒でも、アイツを困らせることができれば十分だ。

「そこだな」

やがて僕の隠れる押入れに光の亀裂が生まれて、その向こうからアイツの赤ら顔と鈍く輝く包丁が覗く。

いよいよ時間が来たみたいだ。薄汚れたハエが、繭を突き破って外へ出る日が来た。役に立つ蚕が生まれるのを期待していたんだろう。でも残念だったね。

僕はもっと、黒ずんだ何かだ。

「こんなところに、いたか」

包丁が構えられた瞬間、僕は押入れから飛び出し、一直線に窓へと向かう。アイツの不意をついて、これが最後のチャンスだ。真っ白なカーテンを引いて、焦げ臭い外の空気を吸い込む。

そこでふと、カーテンを透かして映っていた影のことを思い出してしまった。すぐに逃げれば良かったのに。

僕は半分だけ開いていた窓を再び閉めて、これまで映っていた影の正体を確かめる。

「あは」

足音が近づいてくる。

「似てくれたね」

窓の外側。

真っ黒な手形が、ただ一つ。

第二章　五月の節句に

1

理不尽なものは怖いな、と思った。

「それで」

僕の右頬を思い切り叩（はた）いてきた彼女が、テーブルのアイスコーヒーに口をつけてから、何事もなかったかのように話を続けてくる。これが恋人ならともかく、いや、友人でもまだ許せるが、初対面の人間だというのだから恐ろしい。

「ご相談の件ですけど、こっちでお祓（はら）いとかしといた方がいいですかぁ？」

目の前の女性が三日月のように目を細めて、舌を出して笑ってくる。こちらが差し出した写真をためつすがめつ、楽しげに回転させて観察している。

「いえ、別に……。少し、聞いてみたかっただけなので」

「そうですかぁ」

ここで、ようやく右頬の痛みを自覚できた。

叩かれた衝撃でジンジンと痺れていたものが、だんだんと熱くなってくる。どれだけ本気で打ってきたのか。次第に痛みが怒りに変換されていくが、それを必死に押し留めておく。仕方がない。これも仕事なのだから。

今日は、この女性——羽野アキラにインタビューを頼んだ立場だ。

「あの、羽野さんは」

最初はヘラヘラ笑っているだけの女子大生だと思っていた。今もその印象は変わらないが、巷での評価は少し違うらしい。

「本当に、霊能者なんですか？」

彼女は〝助葬師〟を名乗って、そういった仕事を請け負っている。

※

待ち合わせは午後二時、新宿駅の東口。

それ以上の詳細を決めていなかったのは僕の手落ちだ。ライオン像の前か、交番の前か、それとも駅改札の方か。これが普段から記事をもらっているような相手だったら、もっと密に連絡ができたのだが、今回の相手はそうもいかない。

会う予定の人物は、ネット上で活動する覆面霊能者である〝助葬師〟だ。

普段はオカルト関係の掲示板に出没し、都市伝説やら霊障やらと怪しげな話題に首を突っ込んでいる人物だった。かといって胡乱(うろん)な論客という訳でもなく、事故物件の居住者の相談には、個人でできる除霊方法を教えたり、霊障に悩まされるという人物には、その筋で有名な霊能者の名を挙げたり、お祓いを行ってくれる神社を紹介したりと、他人に対して親身にアドバイスするらしい。

そもそも〝助葬師〟という名前も掲示板で使う固定ハンドルネーム(コテハン)でしかなく、それだって他の利用者に請われて付けたものらしい。〝助葬師〟本人の連絡先は不明で、唯一、Twitterに『助葬師連絡用アカ』なる真偽不明のアカウントがあるだけだ。

僕はこのフォロー数も二百人程度の、本人かどうかも不明なアカウントに連絡をするしかなかった。

でも、それは別にいい。僕は御大層な新聞記者なんかではなく、ネット上の噂(うわさ)やジョークを集めるネタ系動画のライターだ。これで偽者が出てきても、それはそれで笑えるだろう。

だからDMで一方的に取材したい旨を告げれば、一週間後に「いいですよ」とだけ返ってきた。それに取材の日時を伝えて送れば、今度はイイネとばかりにハートマークだけを返してきた。

その程度のやり取りだから、待ち合わせから十分ほど経っても怒りは湧いてこなかった。

「やはり偽者だったか」と自嘲して、これを動画にする時はどうしようかなどと考え始めた。

「遠山さんですか？」

だから、最初はその声に反応できなかった。

「あのー、『オカしな世界』の遠山さんですよね？」

僕が担当する動画チャンネルの名前が出て、ようやく振り返ることができた。それと同時に二つの可能性を考える。

一つは目の前にいる若い女性が、ほとんど顔出ししていない僕を知っているくらいの『オカしな世界』の熱心なファンであること。これは嬉しいものの、そんな可能性は万に一つもない。ならば、と二つ目。この女性が取材相手である〝助葬師〟だということ。それは億に一つくらいの可能性だが。

「私、羽野アキラです。あ、〝助葬師〟の中の人って言った方が伝わるか」

「ああ」

どうやら僕は、より運の悪い方を引いたらしい。

「えっと、本当に〝助葬師〟さん？」

「はーい」

まず目についたのが困り眉と大きなタレ目、それと半開きの口だった。黒い長髪をひとつ結びでまとめているのも相まって、ラブラドールレトリバーのような印象を受ける。背丈はあるが、顔立ちが幼いせいか高校生にも見える。

「暑いですねぇ、どこか入りますか？」

「あ、ああ、すいません。移動しましょう。挨拶も、改めてそこで」

はーい、と気の抜けた返事が後ろから返ってくる。

それから近くの喫茶店に入り、二人でアイスコーヒーを注文。店内は広く、他の客に程よく紛れるような具合になる。これでようやく人心地がついたところだ。

「改めて、『オカしな世界』のライターをしています。遠山稔(みのる)です」

名刺を取り出して彼女に差し出せば、珍しいお土産をもらったかのような反応があった。

「これはこれは、頂戴します」

そう言って、彼女は名刺を机に置くこともなく、そのままカバンにぶら下がっている水色のカモノハシの背に押し込んだ。どうやら、ぬいぐるみ型のパスケースらしい。

「もしかして、〝助葬師〟さん……、羽野さんって関西の方ですか？」

「違いますけど、どうしてです？」

「いや、パスケースが、イコちゃんだから」

「え、このアヒル、名前あるんですか？」

もし遠出させたなら悪かったと言うつもりだったが、まるきり話は変な方向へ行く。どうか、この女性が偽者であって欲しい。そう思った。

「それは――」

ここでタイミング良く、アイスコーヒーが運ばれてきた。余計なツッコミを入れることもなく、自然に次の話題へ移れるだろう。

「その、羽野さんは、覆面霊能者ということですが、プロフィールなど公開可能なものはありますか？」

「覆面霊能者というか、ネットだと特に言う必要がなかったので書いてないだけですねぇ。あ、でも本名はマズいかもです。そこだけ隠しておいて欲しいです。年齢も非公開がいいのかな。でもA型ってところは書いてください」

僕は血液型で人間を判断しないが、聞かれてもないのに自らA型だと強調するA型を見たことがない。こういう人間もいるから、血液型診断はあてにならない。

「ところで、本題に入る前に確認なんですが、羽野さんはいわゆる霊能者ということでいいんですね？」

「はい、そうです」

そんな質問をする僕の方がおかしい、とでも言いたげな表情があった。目を見開いて眉を悲しそうに下げている。

「ああ、いや……」

僕は、目の前にいる女性の真偽を未だに判断できずにいる。年若く見えても、これで二十代なら可能性は別に若い女性の霊能者だっているだろう。

十分だ。それに一見おっとりしてそうだが、振る舞いの端々に上品なものを感じる。

ただそれが、あの〝助葬師〟だと言われると腑に落ちないものもある。ネット上における〝助葬師〟の書き込みは、どこか冷淡で、必要なものだけを言う雰囲気がある。それに神道や仏教、オカルト関連の知識も豊富で、一般人が知らないような霊能者の名前もぽんぽんと出してくる。だから〝助葬師〟というのは、業界の有名霊能者が匿名で活動しているのだろう、というのがもっぱらの噂だった。

しかし、この羽野という女性は僕の知る限り、オカルト業界の人間ではない。いや、表に出ている霊能者だけが全てではないと理解してはいるが。

「羽野さんは、どうしてネットで霊能関係の相談などを行っているのですか？」

「うーん、そうですねぇ。あ、これってインタビュー始まってます？」

「いえ、雑談ベースでお願いします」

そうですかぁ、と気の抜けた返事のあと、不意に彼女が目を細めて笑った。

「私、おばあちゃん子なんです」

「ええ？」

「私、昔から、おばあちゃんに言われてたんですよ。困ってる人がいたら助けてあげな、って」

真剣に聞こうと思うが、どうにも生返事しか出せない。

「そうだ、萬千光女（よろずせんこうじょ）って知ってます？」

「え、あ、いえ」

「じゃあ、調べてください。スマホとかで。ちょっとだけ出ますから」

何を話しているのかわからなくなるが、彼女はこちらが調べるのを期待しているようだ。そんな圧をかけられれば、こちらは言うことを聞くしかない。

だから僕は自分のスマートフォンを取り出して、検索ボックスに「よろずせんこうじょ」と入力した。ウィキペディアでも出るかと思ったが、表示されたのは数件の個人ブログで、どれもスピリチュアル系の話題を取り扱っていた。

「ああ、出ました。昭和の占い師みたいですね」

「おばあちゃんです」

え、と、顔を上げて対面する女性に視線を送る。彼女は満足げに口角を上げていた。

「そんな有名じゃなかったけど、霊能者みたいなのやってたんです。昔だと拝み屋って言うんですかね。でも、おばあちゃんも東京生まれだし、違うのかな？」

ああ、なんだ。そう思って、椅子に腰を深く落とした。

「それじゃあ羽野さんは、この方の薫陶を受けていた、という訳ですね」

「くんとう」

「霊能者として、弟子みたいに学んでいた、と」

「ああ、そうですねぇ、色んなこと教えてくれました。でも、おばあちゃんの知り合いの霊能者さんのとこで修行もしましたよ」

そう言って、彼女は僕でも知っている霊能者の名前を何人か挙げてくる。たとえば呪術代行で有名な崇霊会の藤原究陽や、占い師として名のある鳳泉歌乃だ。流派という意味では同じなのだろうが、それでも様々なジャンルを横断して学んでいたらしい。

ここに来て、僕は彼女を信用し始めていた。

雰囲気こそ暢気に過ぎるが、彼女こそがネットを賑わす〝助葬師〟なのだ。一見して普通の女子大生にも見える彼女は、その背景に十分な教養があり、それは霊能者だった祖母の影響が大いにある。

この辺りを言及したメディアはまだないはずで、いざ動画にすれば、そのギャップが界隈でウケることは間違いない。また彼女にその気があれば、顔出しで動画に出演してもらっても良いかもしれない。

——ただ、もしも本当の霊能者なら。

僕はブリーフケースに忍ばせていたものに手を伸ばす。

「ところで、これは取材じゃなくて、個人的なお願いなんですが」

カバンの中で手が震える。封筒に指が触れる。もう何度も出し入れして、かなり毛羽立ってしまっている。

「心霊写真の鑑定、みたいなのってできます？」

封筒を出し、手元で逆さにする。その中に収められたものがスルスルと落ちてきて、写真の鋭い角が指先にぷつりと当たる。

「心霊写真、ですか？」

プリントアウトされたその写真は、もう十年以上も前に撮られたものだ。

僕の知人が家族旅行で台湾に行った際のもので、どこかの観光地なのだろう、立派な石造りの建物を背景にした何気ない写真だ。夜市の帰りなのか、中央にいる子供は手に串料理を持ち、ケミカルライトのブレスレットをつけている。そして中年男性が我が子の肩に手を置き、妻である女性は横に立って微笑む。

ただ、それだけの写真。

どこかに幽霊の顔が写り込んでいる訳でもないし、被写体の体が消えていることもない。光の線も、オーブも何も混じっていない。だから、ただ見ただけでは曰く付きのものには見えない。しかし、見る人が見ると大変恐ろしいものらしい。

不謹慎なことに、僕はこの一枚の写真を、世間に溢れる霊能者を判別するための試金石にしていた。この写真に込められた不穏なものの正体を言い当てれば本物、そうでなければニセモノだ。

「これ、なんですが」

僕が写真を差し出す。名刺の時と同じように、恭しく、それでいて愉快そうに彼女はそれを手の上へ乗せる。

「はぁ、まぁ」

不思議そうな顔をしているが、どうにも彼女はすぐに判断をしないようだった。今まで出会ってきた霊能者の中には、写真を渡す前から気味が悪いと言ってきた人物もいたが。

「あの、遠山さんって、怖いものあります？」

それが不意に、真剣な眼差しで問いかけられた。僕も緊張していたのか、喉が渇いていたからか、すぐに答えられなかった。

「私、色んなものが怖いんですけど、一番怖いのって、理不尽なものだと思うんです」

「理不尽なもの、ですか」

溶けた氷で水っぽくなったコーヒーを含む。喉を潤して、なんとか話についていこうとする。

「理由があると、人って安心するんです。なんだ、そんなことだったのか、って。心霊写真もそうですよね、カメラに原因があるとか、光の具合だとか、理由がわかれば怖くないんです」

「その写真も、そうだと？」

「あ、いえいえ、そうじゃなくて、たとえ話です」

全く要領を得ない答えに、僕はいくらか苛立ちを覚えた。とっとと心霊写真の真贋を見極めてくれ。そうすれば次へ進める。霊能者として紹介すれば結構、そうでなくとも今日の謝礼くらいは出す。

だから早く、答えを出してくれ。

「たとえばですけど、私がここで遠山さんをいきなり打つとしますよね。でも、なんで打ったか言わないと怖くないですか？」

「なんの、話をしてるんですか」

「でもそれが、それこそ蚊が止まってましたよ、とか、実は今の一撃で除霊してあげました、とか言うと安心できるんです。本当は私がただ暴力を振るってるだけだとしても」

「いや、僕が聞いているのは、その写真のことで」

思わず膝で拳を握ってしまう。身を乗り出して、彼女の顔を真正面から見据える。

「だから、遠山さんも、本当は安心したいだけなのかな、って」

彼女が一瞬、それまでと違う笑い方をした。そう思った。

「簡単に答えてくれればいいんです。良いものか、悪いものか」

犬みたいな表情はずっと同じだが、どうにも彼女はもっと油断ならない存在に見える。目を細めて、犬歯を剝き出しにして笑う姿は、愛嬌（あいきょう）なんかより、ずっと凶悪で。

「悪いものです。だって写ってる人、全員死んでますから」

ニセモノだ。この女はニセモノだ。

そう確信した時、僕の右頰に衝撃があった。

2

帰宅してすぐ、僕は例の写真を取り出して机の上に置いた。

川崎（かわさき）市のマンションに一人暮らし。家賃はそこまで高くもないが、贅沢（ぜいたく）ができるほどでもない。動画系の仕事とウェブライター業で月の稼ぎは平均で二十万程度。これで家族がいたら、今みたいな生活はできないだろう。

とはいえ、三十代も半ばを過ぎて結婚を考えるような相手もいない。適当に遊んで、適当に仕事をして。コンビニ飯と外食だけで腹を満たして、ほんの少しだけ酒を飲む。趣味は特になし。眠くなったら寝れるけど、眠たくても寝れない日もある。

昔はもっとまともな生活だった気がする。それこそ、あの写真に写っている人物と仲が良かった頃は。

「飯野さん、今日会ったヤツがね、アンタも死んでるって言ってたよ。これで本当に死んでたら笑えるね」

寝間着に着替えながら、机の上にある写真へ語りかける。

※

飯野健吾と知り合ったのは大学時代だった。

二十歳になったばかりの頃、生意気な大学生だった僕はアルコールの良さというものに惹かれていた。しかも飲み会で大騒ぎするような人間を嫌って、一人でバーに行く方が上等だと考えていた。今にして思えば、それこそ斜に構えた痛々しい大学生だが、当時はそれがカッコいいと信じていた。

そうやって夜の街を渡り歩いている中で出会ったのが彼だった。

ネットを頼りに調べた新宿のオーセンティックバーに入れば、たった一人だけ客がいた。いかにも疲れたサラリーマンという風情で、脂ぎった顔に突っ張った腹が印象的だった。彼の手元にハイボールがあるのを見て、内心で小馬鹿にすらしていた。一方の彼は、こちらが聞きかじった知識でジンバックを注文しようと、余計なことは言わないでいてくれた。

僕が味の違いもわからないジンバックを飲んでいる時、二つ隣の席に座る彼が話しかけてきた。

「大学生の人？」

「はい、そうです」

「急に話しかけてごめんね。ここに若い人が来るのって珍しいからさ」

それこそ当時はウザいと思ったが、年が近づいた今なら十分に理解できる。おそらく彼は、雰囲気に馴染めない僕に気を遣ってくれたのだろう。彼は決して話し好きな性格ではなかったのだから。

「いつも会社の帰りで、一人で来てるんだ。飲み会とか嫌いだから」

「自分もっす」

そう言うと彼も笑った。木彫りの恵比寿像みたいな、めでたいようで、どこか気味の悪い顔だった。

「飯野健吾です」

それから少し話をして、お互いに似たような人間だと気づいた。

喋るのは苦手ではないが、わざわざ他人に合わせて会話をするのが億劫だと感じるようなタイプ。ようは自分が特別だと信じている大学生と、本心では他人を見下している中年男性の共感。実に薄暗い出会い方だ。

その日以降、僕はバーで初めてできた友人に会えることを期待して同じ店に通った。彼がいる日もあれば、いない日もあった。他のお客さんと仲良くなることもあったが、いわゆる普通の人は、どうにもウマが合わなかった。

「遠山君さ、ニュース見た？　政治家ってバカなのかな」

彼の話題はいつだって他人の努力を否定するものだった。眉をひそめるようなネタだって、一緒になって笑い飛ばすのが不思議と心地よかった。

「ほら、サッカーの試合あったじゃない。あそこでゴール決められないならさ、もうサッカー辞めちまえよ、って感じだよね」

自分以外の何かを憎むことで溜飲が下がる。人でも、作品でも。世間の人々が認めているものを馬鹿にするのは、とても気持ちがいい。そうすれば自分が社会に関われていないことを恐れずに済む。

「遠山君は、彼女とかいるの？」

その流れで、彼は常識や伝統だって否定しようとした。

「いますよ、一応」

「でも仲良くないでしょ。仲良かったら、一人でバーに来ておじさんと馬鹿笑いしないって」

それもそうだ、と笑ってみせたが、いくらかの反発心もあった。その頃は確かに、無駄に連絡ばかりしてくる交際相手を鬱陶しく思っていたが、だからといって仲が悪いというほどではなかった。

「そういう飯野さんだって、奥さんとかいるんですか?」

だから、これは彼へ一矢報いるつもりの質問だった。

「いるよ。息子もいる」

返し矢は必ず当たるというが、まさに脳天を貫かれた気分だった。今まで世間の人間を馬鹿にしてきた彼が、ここに来て普通のおじさんに成り下がってしまう。

でも、彼は僕の期待を裏切らなかった。

「家族なんてクソだよ。結婚しなけりゃ良かった。帰りたくないんだ。今も残業だって嘘吐いてる」

その返答に、僕は思わず深く息を漏らした。だって、そうだろう。ドラマなんかだと家族が嫌いな父親を見ることもあるが、ここには実際に家族を憎んでいる人物がいるのだ。それこそ有名俳優に出会ったくらいの喜びだ。

「だから遠山君もさ、結婚とか考えない方がいいよ」

「そっすね」

そんな彼の言葉には、粘度と湿度があった。じっとりと染み込んでいって、今では呪いのように僕の周囲を覆ってしまった。

事実、そんな話題が出た日の帰り、当時の彼女に「もう連絡しないで」と一言だけ添えて別れを切り出した。深夜を過ぎて何度も着信があったが、それに出ることもなかった。

飯野健吾という男性は、僕にとってお手本になる人物だった。彼が失敗してきた全てが、僕の全ての成功に繋がっている。そう思って、彼が悪態をつくものたちから逃げてきたのだ。

だから、あの日のことも成功だったはずだ。

「遠山君は、幽霊とか信じるタイプ？」

その日の夜も、酒が入った彼は上機嫌に話しかけてきた。最初に出会った頃の陰鬱さは感じない。彼も彼で、僕という理解者が現れたことを喜んでくれていたらしい。

「信じないっすね。スピリチュアルみたいな話してくる女子とかウザくないすか？」

「だよね。でも、僕は呪いとかだけはバカにできないと思っているんだ」

そんな予想外の返答に、僕は意地悪く笑った覚えがある。しかし、彼はこちらに合わせることもなく陰鬱な顔をしていた。

「僕の実家って、まぁ、埼玉県の奥の方なんだけど、やっぱり迷信深いところがあってさ。子供の頃、友達がヒステリーみたいになったら、これは狐憑きだって言われたりさ」

「マジすか？　今どき、っても数十年前ですもんね」

「まぁね。父親もそういう人で、よく言ってたよ。ナマダコ、ネブッチョウ、サンリンボー……。訳もわかんない言葉ばっかだけど、どれも悪いものらしい。あとは誰それのすじ、家系とは結婚するな、とか。今なら信じられないけど、呪いとかを真剣に怖がってた」

あまり彼の過去は聞かなかったけど、どうやら存外に古臭い環境で育って来たのだろう。もしかしたら今の冷笑癖も、そうした歴史とか伝統を否定したい気持ちから来ているのかもしれない。

「それで、呪いとか信じてんすか?」

この問いに対し、彼はいくらか悩んだようだった。

「信じてる。父親みたいにはなりたくないけど、ダメなんだ。ずっと刷り込まれてきたから。それに――」

彼の上半身が揺れ、バーの薄暗がりの方へ寄った。

「もしかしたら僕自身も呪われてるかも、って思ってて」

そう言いつつ、彼は背広の内ポケットから一枚の写真を取り出した。水滴に濡れるバーカウンターを拭いてから、そこへ慎重に写真を置く。

「これ、なんすか?」

「呪いの写真だよ」

思わず吹き出してしまったが、彼はいつものようなイヤらしい笑みを浮かべることはなかった。

「まずね、会社に台湾出身の子がいてさ、それが異動で僕の部下になったんだよ。で、ネタとして前に家族旅行で台湾に行ったことを話したのさ」

彼が言うには、ちょうど旅行先の台湾中部が部下の出身地だったようで、大いに話が盛り上がったらしい。その流れで旅行中に撮った写真を見せる運びとなり、家のアルバムから何枚か抜き出して持ってきたとのこと。

「最初は喜んでくれたんだよ。懐かしい風景だ、って。でも、この写真を見せた途端に表情を変えて……」

「なんか言われたんですか？」

「これはダメです、呪われる、すぐ捨ててください、って」

まるで怪談のように語ってくる。それくらいで恐ろしい気持ちにはならないが、やはり気になるものはあった。

目の前にあるのは何の変哲もない家族写真のはずだ。

デジカメで撮られたものをプリントアウトしたものだろう。写っているのは彼と、その妻と子供だ。彼の言葉とは裏腹に、家族仲は良さそうだった。

「心霊写真、じゃないすよね。なんも写ってないし」

「いや、その子によると写ってるらしいんだ。なんだったかな、ばーちゃん、みたいな」

「お婆さんの霊？」

僕の一言に大笑いが返ってきた。

「遠山君と同じ間違いをしたよ。僕もお婆さんの霊でも写ってるのか、って聞いた。でも違うらしい。その子、少し悩んでから、日本語には訳せない、って言ってきた」

そうして彼は写真を手に取って、それこそゴミみたいにヒラヒラと振ってみせる。

「どうにも、僕の不幸は全部、こいつのせいらしい。信じられないよね。たかが一枚の写真でさ」

「マジで信じてんすか？」

「割とね」

正直、それ以上は何も言わないでくれと願った。スピリチュアル系なんて、何よりもバカにできる相手だろう。それを真剣に話すほど、この人の評価が僕の中で下がっていく。

「写真を見てもらえばわかると思うけど、これでも昔は子煩悩な父親だったんだ。ちゃんと家族旅行とかもしてた。一緒にキャンプとか、海とか行っちゃう」

「いいんじゃないすか」

「良かった、だよね。この写真が呪われてるって聞いて、ああ、そういうことだったのか、って腑に落ちちゃった」

隣に座る彼が、黄色い歯を見せて笑った。薄暗い店内で輝いていたのは彼の腕時計と、脂ぎった額、それとチェリーが沈んだ真紅のマンハッタン。

「ちょうど台湾旅行から帰ってきた頃、まず僕の母親が亡くなった。病気だった。それはまぁ、悲しかったけど仕方のないことだ。でも問題はそこからさ。母の葬儀が終わると慌ただしくなった」

「遺産相続とか？」

「まぁ、それもあるよね。大した財産じゃなかったけど、それが良くなかった。まずウチは昔からしっかり葬儀する家系で、費用もそこそこかかっちゃったんだ。それを実家の遺産で補塡した。するとだ、それまで一緒に泣いてくれてた妻が怒り始めたんだよ」

「死んだ相手に、なんで金を使うのか、って？」

推理した訳じゃない。自分も同じことを言うはずだ。

「大正解。妻の実家は、どうも昔から葬儀なんて質素で良いと思ってたらしいから、これは家ごとの文化の違いだね。でも、僕にとっては家族の死を否定されたみたいで辛かった」

その時の僕は、きっと悲痛な顔をしていただろう。

彼の境遇に心を痛めていた？　そんなはずはない。いつもなら不謹慎に笑い飛ばすような内容を、神妙な面持ちで語る彼を軽蔑し始めていたからだ。

「そこからは坂を転がるように、家族関係が悪くなっていった。早く家に帰っても夫婦喧嘩をするだけだから、だんだんと足が遠のいていった。新築の一戸建てだぜ。苦労して貯めた金で買った我が家は、今じゃ寝室しか使ってない」

「その結果、こうして大学生相手にくだを巻いてる、って訳すか」

「その通り。まったく情けないな」

彼から漏れた溜め息は酒臭かった。手にした写真を力なく眺めているが、その様子が美しい過去を懐かしんでいるようで、なんともヘドの出る光景に思えた。

「で、飯野さんは、自分の人生の悪いこと全部、その写真のせいだって言うんですね」

「なんだろう、呪われてるって聞いて、安心しちゃったんだよ。自分のせいじゃないんだ、悪いのは別の何かのせいなんだ、って」

今まで、呪いというのは他人を攻撃するものだと思っていたが、どうやら違うらしい。悲惨な状況にいる人間にとっては、それが一種の救いにもなるようだ。とはいえ、倦み疲れたオヤジの自己肯定に使われるのなら、呪いの方も堪ったものじゃないだろう。

「なら、捨てればいいじゃないすか」

「それは、そうだけど」

歯切れの悪い返答がある。でも僕にはわかる。

もしも写真を捨てて、それでも自分が不幸だったら、それこそ全てが自分の責任だったと認めるしかなくなる。写真さえ持っていれば、自分の不出来は全部呪いのせいにできるだろう。薄暗くて卑怯な性格は結構だが、逃げる言い訳に呪いなんてものを持ち出すのはバカのやることだ。

そんな態度が透けてみえたのだろう。不意に彼の表情が悪辣なものになった。

「じゃあ、この写真、君にあげるって言ったら、どうする?」

こちらを試すような視線があった。

そんなに言うなら怖くないだろう。呪いなんて信じないだろう。好きなだけ確かめればいいだろう。そう言いたげな弱々しい視線だ。

「いいですよ」

だから僕は、彼から写真を受け取った。迷う素振りだって見せてやらなかった。彼は目を見開いて驚いていた。

「僕が持っていれば、所有者が変わって呪いもなくなりますよ」

呪いなんてあるはずがない。

あの写真は彼にとってのお守りなんだ。自分の不幸を背負わせるための道具で、それを失ったら彼は言い訳もできなくなる。

写真なんか無関係に、彼には自分の無力さに向き合ってもらいたい。きちんと家族に向き合う、なんてありきたりな結論を出してくれても良い。そうすれば彼も僕とは違う人間だったと諦められる。でも万が一、ちゃんと報われない境遇を受け入れてくれたなら、それこそ親友になれるかもしれない。

試しているのは彼じゃなくて、僕の方だ。

「ねぇ、どうです？」

「そこまで、言うのなら」

彼は最初こそ渋っていたが、だんだんと明るい表情を見せ始めた。そんなことを言って、僕に呪われた写真を託してくる。まるで肩を壊した野球少年を励ます気持ちになった。本当にこれで再起が叶う（かな）うような、淡い期待だって抱いていたんだろう。

「ありがとう、君に話して良かったよ。遠山君」

「いえいえ」

結局、そのやり取りを最後に、彼とバーで遭遇することはなかった。僕が無意識に避けていたのか、それとも彼が家に早く帰るようになったのか。

いずれにしても、彼と再会するのはまだ先のことだった。

3

「どう、〝助葬師〟に会えた？」

リモートでの打ち合わせが始まるなり、タブレットPCの画面上に、ひょうきんな顔をした男が大映しになる。このニホンザルを縦に引き伸ばしたような男が、僕のライター仲間の尾崎だ。

「ああ、会えた」

「どんな人間だった？」

「女だった」

　かぁ、と画面の向こうで尾崎が奇妙な驚き方をする。大袈裟に身振りをしたせいで、背景の宇宙空間が同期できずに揺れていた。

「マジで。話題の〝助葬師〟って女性なの？　可愛かった？」

「いや、顔の印象はあまりない。ただ、犬みたいだった」

「そっか、じゃあ可愛いな」

　きっと尾崎は小型犬でも想像しているのだろうが、僕から見た〝助葬師〟の印象は違う。最大限に可愛くしても秋田犬だろう。

「えー、顔出しとかできないの？　次の動画でさ、出てもらえないかなぁ」

「あぁ、その辺は僕も考えて……、いや、話が変な方向に行って、結局、確認できなかったんだ」

　ここで僕は〝助葬師〟こと羽野アキラと出会った日のことを尾崎にも伝えた。ほとんどは大いに笑ってくれたが、彼女が霊能者の孫であることと、僕が持っている写真を見せたということの二つを伝えると、尾崎はなんとも真剣な表情で頷いていた。

「あの写真ってさ、ミノルちゃんがいつも見せてるヤツでしょ？　曰くつきの」

「うん。で、悪いものだってさ」

「そっかぁ。じゃあ、本物なのかなぁ」

尾崎も僕のやり方は熟知している。あの写真を見せて何かを感じ取れたら、一応は霊感がある人間だろうと判断する。霊なんて見たことのない僕は、そうやってオカルト業界を試し続けている。

「あの写真、ミノルちゃんも便利に使ってるよね」

尾崎の言葉には薄笑いで返す。確かに、あの写真を手に入れたことで人生が変わったのも事実だ。

大学を卒業後、僕は定職にも就かずフリーターとして生活をしていた。それが行きつけの飲み屋で自称霊能者と出会い、面白半分に飯野から預かった写真を見せた。その霊能者はホンモノだったらしく、すぐさま写真が悪いものだと看破し、お祓いをしてから捨てるようにアドバイスをしてきた。

その忠告には従わなかったが、今度はその霊能者の知り合いという人物が僕を尋ねて飲み屋へやってきた。

「あの写真さえなければ、尾崎君と知り合いにならずに済んだんだけどな」

僕の冗談を受けて、画面の向こうから笑い声が返ってくる。

写真の噂を聞いて僕を尋ねてきたのが尾崎で、彼は当時、オカルトライターを名乗ってネットに記事を投稿していた。飲みの席で彼の誘いを受け、僕も数本の記事を書いて預けた。内容は事故物件に暮らしている男の日常を描く実話怪談風のものだ。まるきりフィクションだったが、その評判が良く、続けて仕事をするようになった。

「でもまぁ、ネットがなけりゃ僕もミノルちゃんも底辺のフリーターだったでしょ。ネットの向こうの皆様、ありがとうございます」

彼の言う通り、ウェブライターの稼ぎは微々たるもので、バイトを掛け持ちしてそこそことといった具合だった。こうして今、ライター一本で食っていけるのは、二人で始めた『オカしな世界』の動画が好調だからだ。

「それで次の『オカしな』どうするの？　やっぱり〝助葬師〟で行く？」

「いや、〝助葬師〟のネタはもう少し掘れそうな気がする。軽くロケやって、三回くらいに分けられるかな。評判良かったら、第二弾とかにして」

「いいね。じゃ、次回は僕の方でなんか作っとくよ。そうだな、最近投稿があった変な荷物の話は？」

「うーん。まだよくわかんないし、ネタにし辛いな。インパクトも弱いからなぁ」

「じゃ、オーパーツ検証シリーズでいいかな」

「あれ、笑えるけど再生数ゴミだかんな」

なんだよ、と尾崎が歯を見せた。未だに素で喋ると口が悪くなってしまうが、彼くらいなら笑って許してくれる。

「じゃ、まぁ、そんな感じで。そういえばミノルちゃん、さっきから気になってたけど、後ろのロープなに？」

「なにって、なにが」

彼の指摘を受けて振り返る。すると部屋の壁にロープが下がっている。リモートの画面にも今まで映っていたはずだが、まるで視界に入ってなかった。

「なんだ」

「やめてよね、怖いじゃん。自殺とか、しないでよ」

ああ、と画面の方を見ることなく返す。

壁のロープから目を離せない。それは壁掛けのハンガーフックに無造作に繋がれていて、片方が輪を作っている。だが自殺なんてできないだろう。あれに首を通すことは可能だろうが、体重をかければ簡単にフックの方が壁から剝がれ落ちる。

だから、自殺なんて考えるはずがない。

「ロープ、買ったんだ。荷造りで必要だから。それで、ちょっと遊んでただけ」

「相変わらず悪趣味だなぁ」

タブレットPCから尾崎の馬鹿笑いが響く。

そう、通販でロープを買ったことは覚えている。首を吊れるような形にしたことも。冗談半分のつもりだった。

でも、そんな冗談を、なんで。

まだ馬鹿笑いが聞こえてくる。首を吊るためのロープをネタにして、僕と尾崎がずっと笑っている。

※

飯野健吾と再会したのは五月のことだった。

あの頃は就活に追われていた時期で、僕もいくらかは世間に迎合するような人間になっていた。

ちょうど面接に失敗した帰り、新宿で降りたから、久しぶりに馴染みのバーへ行こうと思った。すでに彼は寄り付かなくなっていたが、僕はたまに顔を出すこともあった。

そして貼り付けた笑顔のまま店内へ入ると、マスターがおしぼりと一緒に小さな紙切れを渡してきた。

「一昨日、飯野さんが来てたよ」

それを聞いて、どうにも嬉しいような、それでいて残念なような気持ちになった。

今さら、何しに来たんだ。むしろ来ることができるなら、もっと来ればいいじゃないか。前みたいに色んなものを小馬鹿にすればいい。このままだと、僕も真面目な社会人になってしまう。そんなふうに思った覚えがある。

「それで、遠山君に会いたいってさ。きっと就活で大変だろう、って」

どうやら僕の現状は理解されているらしい。その通りだ。就活で心にもないことを言うのは、僕みたいな人間にとっては耐え難い。よくわかってるじゃないか、って思えた。

手渡された紙切れを見れば、そこに彼の自宅の住所と電話番号、そしてメールアドレスがボールペンで書かれている。解読できるかギリギリの雑な文字だった。

「お互いの連絡先、知らなかったんだね」

「まぁ、ここで会えるから良いか、って思ってたんで。いや、会えなくなっちゃったんですけど」

その後、僕は小洒落(こじゃれ)たカクテルなど頼まずに、ただハイボールだけを飲み続けた。体の内側に溜まったものを洗い落とすつもりだった。

そして帰りの電車の中、酔った勢いのまま飯野健吾にメールを送った。自己紹介も何もない、雑な近況報告と、次にバーに行くときは声をかけるよう伝えた。

そうするとメールの返事が即座に来た。だけれど、その中身は予想したものとは違っていた。

『遠山君、よければ今度、我が家のホームパーティに来てください。こどもの日を、息子と一緒にお祝いしましょう』

そんな馬鹿げた提案に僕は声を出して笑ってしまった。夜の電車は誰もが疲れていて、聞こえるのは車両の軋み(きし)だけ。そこに若者の笑い声だけが響く。都会の人たちが、他人に無関心でいてくれて本当に良かった。

その翌週、僕は飯野健吾の家を訪ねていた。

懐かしさにほだされた部分もあるが、それ以上に彼が子煩悩な父親に戻れたのか興味が湧いた。あれほど不平不満を漏らしていた家族と、今はどうやって接しているのか。自分を押し殺しているのか、それとも全く改心してしまったのか。

それこそ、あの写真を手放したことで呪いから解放されたのか。

彼の自宅は入間(いるま)市と狭山(さやま)市の中間辺りにあった。

武蔵藤沢(むさしふじさわ)駅から徒歩数分で、池袋(いけぶくろ)までだって三十分ほど。立地としては上等だ。街の風景だって、その頃に僕が暮らしていた鷺沼(さぎぬま)と大差ない。

彼の家に辿(たど)り着くまで、周囲を観察していた覚えがある。見知らぬ土地を一歩ずつ確かめるように歩いていた。

新興住宅地というほどではないが、似たような外観の家がポツポツと建っている。それらと交互に大量の駐車場が並び、まるで何かのボードゲームのように見えた。おそらく、昔は辺り一帯が農地だったのだろう。

そうして住所を確認しながら歩いていると、彼の自宅が見えてきた。

五月の青空と灰色の駐車場を背景に、そこだけ下手な合成写真のように白い家が建っている。のっぺりとした外壁と小さな窓が数個。決して豪邸ではないが、一般人が一生を過ごすには十分な大きさがある。

「遠山君！」

丁寧なことに、彼は玄関先に立って、僕が来るのを待っていてくれたようだった。似たような家と間違わないよう気を遣ってくれていた。心地よさより、気まずさが先行する。

「久しぶり、です」

しばらくぶりに見る飯野健吾は、以前よりずっと健康的に見えた。脂ぎった顔も、浅黒く不健康そうな肌もない。突っ張った腹は変わらないが、普段着のせいか苦しげな印象は消えている。

「せっかくのゴールデンウィークなのに悪いね。僕の方に付き合ってもらっちゃって」

「いえ。どうせ、どこも行く予定なかったんで。声かけてくれて、嬉しかったです」

「さ、入って入って。今ね、庭の方でバーベキューの準備してるから。家族も紹介するよ」

明るく接してくる彼を見ると、やはり穏やかじゃないものが湧き上がってくる。こんな人間じゃなかっただろう、と全てぶちまけたくなる。

とはいえ、それは僕も同じだ。しっかりデパ地下でバウムクーヘンと柏餅なんか選んでしまった。手土産を両手で抱えていく様なんて、上司の家に呼ばれた平社員みたいだ。

「妻の亜弥と、息子の勇斗だよ」

玄関からリビングを通って裏庭へ。その最中だって他人の家の臭いで落ち着かなかったが、いざ彼の家族と向き合うと変な違和感ばかりが大きくなる。

茶髪にパーマを当てている中年女性。黒いシャツの胸元は大きく開いているが、骨ばった首周りと目元の深いシワばかりが目に入ってくる。その横にいる子供は小学生の高学年くらいだろうか、唇を突き出して携帯ゲーム機をいじっているばかりで僕の方を見ない。

彼の妻と子供。初めて会ったけども、僕は彼女たちを良く見知っている。

「はじめまして、遠山稔です。飯野さんは、こんなこと言っていいのかな、まぁ、飲み友達でして」

母親が笑う。子供が伏し目がちに会釈をする。

その表情は何度も、何度も、一枚の写真の中で見てきた。あの呪われた写真の中で見てきた人物が、今ここに存在している。そのことが奇妙でおかしかった。

「さ、遠山君も来たから始めようか。何かお酒飲む?」

「じゃあ、ビールを」

僕の希望通りに缶ビールが手渡されたが、彼の方はノンアルコール飲料の缶を持っている。そんな小さな気遣いすらくだらなく思えた。

「遠山君、最近はどう？　就活は大変でしょ？」

「そっすね。やっぱ文系だと取ってくれるとこ少ないっすね」

二人でウッドデッキの椅子に腰掛けて話す。僕の就職のこと、最近のバーのこと、そして家族の自慢。どれもこれも毒気のない話題ばかりで、まったく面白みがない。

そこで奥さんが紙皿に肉を盛り付けて渡してくる。頭を下げれば気の良さそうな笑みが返ってくる。その一方で子供はずっとゲーム機に夢中で、それを見かねた彼が声をかける。

「勇斗は将来なんになりたいんだっけ！　ゲーム好きだもんな。お兄ちゃんもゲームは好きらしいぞ！」

やめてくれ、と心底思った。

こっちは将来の見通しが何もない就活生で、そんな人間を子供との会話のダシにしないでくれ。僕を幸せな家族の風景の一部にしないでくれ。

もう十分だ。よくわかった。

彼はやはり変わってしまったのだ。家族の前でどれだけ無理をしているのか確かめたかったが、そのために僕が傷つくのは不本意だ。アルコールを飲むペースをあげて、酔ったふりをして早々に帰ることにしよう。

「おーい、勇斗！　こっち来て、お兄ちゃんとも喋ろう！」

唯一の救いは、彼の息子が、やはり彼の血を引いていることだ。勇斗君は薄暗い視線を僕の方へ投げつけて、ただ粘っこい笑みを浮かべるだけ。話に加わろうなんてしない。それでいい。

「おい、勇斗！」

ここで彼が立ち上がった。父親の言うことを聞かない息子に腹が立ったのか。それは嬉しいが、だからといって陳腐な言い争いなんて見たくなかった。

「すいません、トイレお借りします」

僕が場を離れれば余計な問答はしないだろう、と、つい気遣ってしまった。どうにも一般人のような振る舞いに慣れてしまっていた。

「ああ、それなら、さっきのリビングを出て左の突き当りに」

軽く頭を下げ、サンダルを脱いで家の中へ入ろうとする。そこで、不意に背後から声が響いた。

「そうだ、遠山君！　二階へは行かないでな！」

「はい？」

「いや、ちょっと、汚いから」

○8○

変な忠告だが、僕に家探しをする趣味はないから別にいい。軽く頷いて、彼に言われた通りにリビングから廊下へ出る。

さっきよりも暗くなっている。日が傾いてきたのか。薄暗闇の中に二階へ続く階段が目に入る。言われなければ気にならなかったのに。

すると、コン、と上から音がした。

思わず立ち止まると、目の前に何かが落下してきた。ぐしゃ、と物が壊れる音がした。飛び散ったものが靴下越しに触れる。

「え……」

最初は和風の巾着袋だと思った。そこから毛玉が飛び出ている。目を細めてみれば、袋に見えたのは着物で、飛び出ているのが大量の髭（ひげ）に覆われた首だとわかった。三十センチほどの人形だった。

「おしい」

声がした。二階からだ。上を向けば、吹き抜けになっている階段のへりから黒いものが覗き込んでいた。

ボサボサに伸びた髪の中心に顔が浮かぶ。目を見開いて、僕のことを見下ろしていた。乾いた唇が歪（ゆが）んで、痩せこけた頬にえくぼができる。大人ではない。子供でもない。

それはきっと、見てはいけないものだった。

4

僕は今、例の〝助葬師〟と一緒に横浜中華街に来ている。なんとも冗談みたいな光景だが、これも仕事の一環だ。

「羽野さん、取材を受けてもらって、ありがとうございます」

「いえいえ」

「もう一人、尾崎という人間が来るんですが、石川町の方から来るらしいんで、中華街の方で合流しましょう」

元町・中華街駅の構内で合流し、そこから地上に出る。中華街のシンボルでもある朝陽門をくぐり、話しながら中華街の中心地に向かって歩く。

彼女と出会うのは二度目だが、改めて並ぶとそこそこ背が高い。服装は動きやすさ重視のパンツスタイルだ。それで束ねた黒髪を尻尾のように振って歩くのだから、どこか威圧感すらある。

「ところで、ご希望の場所が中華街だったのは、何か理由があるんでしょうか？」

「いえ、どこでも良かったんですが、ちょうど中華料理が食べたかったので」

「そうですか」

すでに先日の邂逅で理解している。彼女は物事を深く考えない。きっと直感だけで生きているのだろう。

「あ、それでインタビューって何するんですか？　カメラ、持ってますね。しまった、もっとオシャレすれば良かった」

あはは、と口を半開きにしたまま彼女が笑う。

「いえ、自然体で結構です。写真も使うかわかりませんけど、一応、素材になれば」

これも尾崎と協議した結果だ。改めて彼女にインタビューを申し込み、実際の仕事ぶりや家族のことなど、より踏み込んだ内容の取材をする。ついでに写真を撮って、許可が出れば動画の中で使用する。さらに感触を確かめてから、第二弾では顔出しで動画出演を頼む。

全ては彼女の返答次第だが、おそらく断りはしないだろう。今日の取材だって、最初はＤＭで軽く提案しただけだったが、すぐさま「いいですよ、どこでも行きます」と、あまりにも簡単に承諾されてしまった。

「羽野さんは、こういう取材を受けた経験はあるんですか？」

「ないです。というか、連絡用のアカウントを作ったのが先々月だったんで、誰も気づいてないんじゃないかな」

「そうですか。じゃあ、今後は気をつけてくださいね。安請け合いするのは今回だけにしてください。変な仕事を依頼されても、ちゃんと断ってくださいよ」

僕としては助かる限りだが、彼女の人生のことを考えると忠告くらいはしたくなる。

「気をつけまーす」

とはいえ、僕の言葉など無意味かもしれないが。

「そうだ、どこか見たい場所とあったら言ってください。尾崎もまだ来てないようだし」

スマホを確認しながら横の彼女に告げる。

とはいえ心配は無用だろう。目的地などないのに、彼女は気ままに歩いていく。かと思えば、肉まんを売る店の前で立ち止まったり、雑貨屋の軒先で走り回るパンダの玩具に手を伸ばそうとする。

「どこかで、写真でも撮ります、か」

そう提案したが、そこで僕の方が足を止めてしまう。

大した理由はない。中華料理店の軒先に並んでいるものに目を奪われただけだ。

それは紐にくくられて、ゆらゆら、と、

「ああ、あれは」

「どうしました？　あれって中華ちまき……、ですよね。気になります？」

彼女の言う通り、大したものではない。竹皮で包まれた中華ちまきが、軒先にいくつも吊り下げられているだけだ。

ただ、それだけ。

「そういえば端午の節句が近いんですね。日本でも食べますよね。あれ、こっちは柏餅でしたっけ？」

「あ、ああ、ええ」

「それよりも、あそこ行きませんか。写真を撮るならいいんじゃないですか？」

一歩も動けないでいる僕の腕が、そこで無理矢理に引かれた。どこにそれほどの力があったのか、彼女はずんずんと前へと進んでいく。

不意に、磁力のようなものから解放された気がした。

「あそこあそこ、カッコいいですよ」

「ああ、えっと、媽祖廟（まそびょう）ですか」

彼女が壮麗な門の前に立つ。朱と金、青と緑に彩られた中華風の寺院。道廟というのだったか。それまで中華街のシンボルといえば関帝廟（かんていびょう）だったが、こちらは比較的に最近にできたと聞いた。

「行きましょうかぁ、お参りもしましょう」

あ、と声をかけたが遅かった。

それまで、のんびりと歩いていた羽野アキラが、ここに来て俊敏に動き出す。彼女は石段を颯爽（さっそう）と駆け上がり、それに追いついたと思えば、今度は本堂に続く階段を跳ねるように登っていく。

「遠山さーん、占いができるそうですよぉ」

カメラをぶつけないよう、腰のバックに手を添えて階段を登る。彼女の背を追いかけていく。本堂をめぐるように回廊が続き、あちこちに大きな香炉が置かれている。庇の下に入れば、線香に混じって彼女の香水の匂いが届く。むせ返るような。

「遠山さん」

本堂の入り口で彼女が僕の名を呼ぶ。

「ほら、鍾馗様の掛け軸がありますよ」

彼女が壁に掛けられたそれを示す。まず疫病退散の文字が目に入る。おそらく昨今の流行病へ対抗するつもりなのだろう。

だが、その姿は。

「しょうき……？」

中国風の武人の姿。関帝廟の関羽ならわかるが、それとは違う。ぼうぼうに生えた髭に、真っ赤な顔でこちらを睨みつけている。

見覚えがある。僕はこれを見たことがある。

「遠山さんも、見たことがあるんじゃないですか？」

そうだ。僕はこれを見た。でも、どうしてそれを知っている。あの中華ちまきだってそうだ。軒先に吊るされて、ゆらゆら、と揺れる。

「なんで、貴方は」

一歩を踏み出そうとした。その先で彼女が笑っている。

※

あの日、僕の目の前にそれが落ちてきた。

赤い顔で、ぼうぼうに髭を生やした武人の人形。落下の衝撃で手足が外れた、なんとも哀れな格好だった。それでも人形の目は力強く、見下ろす僕を威嚇しているようだった。

「あたらないな」

二階から声がした。誰かいる。飯野健吾の家に、彼の家族とは別に誰かいる。

僕が呆然としていると、リビングの方から足音が聞こえた。ドタドタと大きく音を響かせて、空気を圧迫するような動きだった。

「遠山君」

やってきたのは飯野で、彼は僕を一瞥すると、すぐさま状況を把握したようだった。

「トイレなら、その向こうだよ」

平然と言っていたが、彼が怒っているのが如実に伝わってきた。ただ何に怒っているのか、その矛先がわからない。

　僕は彼に従うフリをして、廊下の突き当りまで行ってから背後を振り返った。彼は廊下に落ちた人形を拾い上げ、そのまま階段を登っていく。

「これは勇斗のものだ。お前のものじゃない」

　それから何かを打つ音が聞こえた。一度、二度。次に耳をつんざくような悲鳴があった。無遠慮な子供の声だ。すると続けて打つ音が響く。今度は重いものを叩きつける音。何かが壁に押し当てられる音。

　悲鳴と打つ音が交互に起こる。二階で何が行われているのか、僕は想像するのを止めた。耳から入ってくる情報を遮断して、何事もなかったかのように裏庭へと戻った。彼の妻が上品に笑い、僕に紙皿と缶ビールを手渡してくる。彼の息子はゲームに飽きたのか、つまらなさそうにトレイの肉をいじっている。

　一匹の小蝿が飛んでいた。彼の息子が遊ぶ肉の上に止まる。誰もそれを気にしない。母親が注意することもない。

　誰も気にしない。それが当然であるかのように。

※

次に目を覚ましたとき、視界に羽野アキラの笑顔があった。

「あ、遠山さん、大丈夫ですかぁ？」

木陰のベンチで寝かされていた。どうやら彼女が膝枕をしてくれたらしいが、そんなことを意識する余裕はない。

「僕は、いや、ここは」

周囲を見回せば、いくらか風景に見覚えがある。潮の香りと停泊する氷川丸。中華街近くの山下公園だ。

「今、尾崎さんが忘れ物のカメラを取りにいってますよ」

「ああ、そうだ、そう」

僕は媽祖廟で気分が悪くなり、逃げ出すように外へ出た。すると、そこで一歩も歩けなくなってしまい、後から合流した尾崎に抱えられて、なんとかここまで来たはずだ。そうしてベンチで休んでいる間に、どうやら意識を失ってしまった。これは完全に不手際だ。

「すいません、ご迷惑を」

「いえいえ」

「それより」

僕は彼女の顔を見据える。困ったように眉を下げ、誤魔化すように半開きの口で笑っている。愛らしさよりも、底知れない不気味さがあった。

「羽野さんは、僕の何を知っているんですか？」

「知ってるって、いえ、特には」

そんなはずはない。それなら何故、今日この場所を選んだ。

「さっき、媽祖廟で見たアレ、しょうき、って言ってましたね。これでもオカルト系の仕事をやってるんで、名前くらいは知ってますよ。鍾馗像だ。中国の疫病除けの神様だ」

「なんだ、知らないのかと思ってました」

あはは、と暢気な笑い声が返ってくる。彼女は虚空に鍾馗の像を描くように指を振った。

「鍾馗様は、唐の時代の人で、科挙に落ちたのを苦にして自殺したんですよ。それから後、自分を葬ってくれた皇帝の恩に報いるために、疫病や魔を祓う神様になったそうで」

「その辺も、なんとなく。だから学問の神様でもある、って何かの本で読んだことがあります。子供の無病息災を祈って、端午の節句で飾られることもある」

以前に調べたものだ。あの時に見た人形がなんだったのかを知りたかった。そうだ、あれは五月人形だった。鍾馗の像は関東、それも埼玉県では五月人形として飾られることが多い。

「さすが『オカしな』のライターさんですね」

じゃあ、と彼女は僕を試すように目を細めた。

「その鍾馗様が登場する風習が、台湾にあるのを知ってますか？」

いや、と答えた後に、背筋に冷たいものが走る。この女は何を言おうとしているんだ。

「跳鍾馗(ちょうしょうき)と言って、大きな鍾馗様の人形を操る踊りがあるんです。台湾の伝統芸能なんですけど」

「日本の、人形浄瑠璃(じょうるり)みたいな」

「そうですねぇ。でも、ただの芸能じゃなくて、宗教的な意味もあるんですよ。鍾馗様は魔を祓う神様なので、最初に跳鍾馗を行って場を清めるっていう意味があります」

彼女は嬉しそうに話を続ける。まるで女子大生が好みのカフェの感想を伝えてくるような調子で。

「その後に行う儀式の方が怖いんですよ。なんてったって、その儀式を目撃した人は呪われてしまうんです」

「待ってくれ、それは」

「あの写真にも、ありましたよ」

写真。僕が飯野健吾からもらったもの。台湾旅行で撮ったもの。彼女が悪いものだと断言したもの。

「その儀式は送肉粽(サンバーツァン)、って言われています」

「サン……」

その言葉には聞き覚えがある。ばーちゃん、という語は、飯野が台湾出身の部下から言われたものだ。

「意味はチマキを送る、です。どうしてチマキなのかは、遠山さんならわかるかもですね。だって、さっきも軒先に吊るされてたチマキを見て怯えてましたし」

そうだ、あのチマキは何かに似ている。紐にくくられて、無様に吊るされて、恨みがましく揺れている。

「送肉粽は夜に行われるんです。自殺した人、それも首を吊って死んだ人の霊を海へ送るためのもので、あ、というのも、台湾だと首を吊って死んだ人は吊死鬼という悪霊になると信じられているので」

首を吊って死んだ者。何人もの人間が、並んで首を吊っている場面が脳裏に浮かぶ。

「家族が吊死鬼にならないように儀式をするんです。お祓いをした後、親戚一同で楽器や爆竹を鳴らして、海に向かって道を練り歩くんです。でも、この光景を他人が見ると、一緒に歩いている悪霊に魅入られてしまうと言われています」

「見ただけで、か？」

「はい。見ただけで呪われます」

「そ、そんなの」

理不尽じゃないか、と叫びそうになって、それこそが彼女と初めて会った時に言われたことだと思い出した。

「なので、台湾の人たちは送肉粽の列に遭遇しないよう、たとえば道に警告の立て看板を置いたり、今だとSNSで歩くルートを公開したりするそうです」

随分と現代的だが、信仰が今も根強く残っていることを窺(うかが)わせる。心のどこかで動画のネタにできないかと考える自分がいる。

しかし、そんなことはできない。

「あの写真」

彼女の声が遠くに響く。そうだ。ネタにできるはずがない。僕はそれをよく知っている。何度も見てきたはずだ。

「夜に撮られたものですよね。背後の建物に張り紙がありましたよ。送肉粽のルートに入らないよう警告するものです」

「でも、写ってた」

「多分、そうですね。背景の暗がりがとてもイヤな感じがしたので、そこを通った直後だったかもしれません」

なんだ、と思わず脱力した。

あの写真は悪いものだ。今まで漠然と思っていたものだが、その正体がこうして看破されると、どこかで安堵(あんど)する自分がいる。

結局、飯野健吾も写真の正体には気づかないまま、理不尽な呪いを受けていたのだ。いや、本当に呪いがあるのかは別にしても、とにかく彼の不幸には理由があった。

そうでなければ、いけない。

「それにしても」

ざらついた風の中、隣の彼女が呟いた。

「あの写真って誰が撮ったんでしょう。地元の人に頼んだなら、あんな場所で撮るはずありませんし」

顔にかかる髪に手を伸ばして、彼女は笑う。無意味な笑いだ。黒髪が視線を隠して、ただ赤い唇だけが吊り上がる。

「もしかして、あのご家族に、もう一人いたんですかね」

5

自宅に戻ってすぐ、PCを立ち上げて、今日撮った写真のデータを移す。

あの〝助葬師〟たる羽野アキラが、横浜中華街の各地でモデルよろしくポーズを取っている。時間が押してしまったせいで、いくつかは西日がきつくて使い物にならないが、一部はかえって神秘的に見えるものもある。これを動画に使えれば反応も良いだろう。

写真を一通り確認し終え、コンビニ袋から缶ビールを取り出す。すぐに冷蔵庫に放り込めば良かったが、それすら億劫だった。

結局、あの後に尾崎と合流して取材は再開できた。

彼女の要望通り、近くの中華料理店に入って夕食を楽しみつつの取材となった。終始明るい雰囲気の中でインタビューを行ったのもあって、羽野アキラは「送肉粽」なる風習については、それ以上は何も言わなかったし、僕も写真について話すことはしなかった。

「思いの外、地味な経歴だな」

PCに向かってひとりごちる。

羽野アキラから公開可能なプロフィールを聞き出し、それと一緒にこれまでの活動をまとめていく。ほとんどがネット上で相談を聞くばかりで、これではオカルト好きな人間と大差ない。

だが、派手なら良いというものでもないだろう、と思い直す。

羽野アキラの行動は全て、拝み屋だった祖母の教えを守っているだけだ。それに拝み屋というのだって、必ずしも宗教関係者ではなく、ただ霊感の強い一般人が副業にすることもある。僕が過去に取材をした茨城県の拝み屋は、普段は農協の職員だった。

そういう意味では、彼女がしていることは祖母と同じなのだ。

「でも、力はあるんだろうな」

彼女と話す中で、何度も全て話してしまいたくなった。彼女は僕の秘密も知っている。

そんな不安ばかりが大きくなっていった。

溜め息を一つ。肩の力を抜いて、何気なく背後を振り返る。

今もまだロープは壁に掛かっている。片方に輪を作って、いつでも首を通せるように。

ただ、あれで死ねても無様なだけだろう。もっと高くて頑丈なところにしないといけない。

そうすれば、きっとゆらゆら、と。

※

こどもの日から、何日か経った日のことだった。

新宿のバーで、飯野健吾と久しぶりに出会った。彼は昨日までそうしていたように、自然に僕の隣へと座った。逃げるように彼の家から去っていったことを謝ろうと思った。

ただ、僕が最初に聞いたのは別のことだった。

「アレ、お子さんですか」

「そうだよ」

おしぼりで顔を拭きながら、彼は悪びれもせずに言った。僕がアレと呼んだことに腹を立てることもなかった。

「連れ子、とかですか」

「いや」

「じゃあ、奥さんが別の男と作った子だ」

挑発するように、僕はどんどんと言いにくい言葉を重ねる。どれかを否定してもらいたかった。自分の子供を悪く言われているんだ。真面目な父親になったなら、僕を一発でも殴ってくれ。そう思っていた。

「全部違う。僕と、妻の子だよ。長男だ」

「じゃあ、なんで」

あんなことをしたんですか、とは聞けなかった。つい怯んでしまった。おしぼりの下から出てきた彼の顔が、悪鬼のように歪んでいたからだ。

「嫌いなんだ。ただ、嫌いなんだよ」

父親がそんなことを言っていいのか。実の息子に暴力を振るって、虐待して、それでいて次男の方は甘やかしている。それだけのことをして、まだ真面目な父親のふりをしている。

それが許せなかった。昔みたいに世間を憎んでいてくれたら、僕もきっと救われただろう。こんなクズなら仕方ない、って。

「嫌いなんすか」

「ああ、嫌いだ。勉強もできないし、言うこともきかない。そのくせに勇斗を殴ったりする」

それは卵が先か、鶏が先か、だ。

彼の長男が性格的に歪んでいることは理解できる。僕の頭上に人形を落としてきたのもそうだ。しかし、それが父親に冷遇されたからなのか、元々の性格なのかは判断できない。

「だから、僕は家に帰りたくなかったんだよ。でも、遠山君に写真をあげた後に、なんだか気分がスッキリしてさ、ちゃんと家族と話し合うことにしたんだ」

「僕のせいすか？」

「君のおかげだ」

彼は注文したカクテルに口を浸す。赤褐色のロブロイだった。

「妻も限界だったんだ。息子に何度も殴られてた。だから僕は妻と話して、アイツをいないことにしたんだ。子供じゃない。ただ一緒の家にいるだけの他人さ」

今風に言えばネグレクトなのだろうが、それは彼にとっての正解だったのだろうか。

「これでも温情はあると思うよ。家から追い出しはしないし、餌だってちゃんとやってる」

ヘラヘラと笑う彼の姿は、僕が初めて会った時と同じだった。印象はまるきり違っているが。

「昔は、仲が良かったんすよね」

「そうだよ。遠山君にあげた写真もそうだろ。あの台湾旅行だって一緒に行ったんだ」

僕はそれが嘘だとわかっている。だって、彼が見せてくれた写真には一枚も長男の姿はなかった。

きっと彼は気づいていなかったんだ。

彼は昔から、どこかで長男の存在を無視し続けていたんだろう。些細(ささい)なことの積み重ねかもしれない。たとえば、食卓の調味料を取ってあげなかったり、小学校の行事を見に行かなかったり、すれ違いざまに肘が目を打っても謝らなかったり。

「そうすか」

イヤな父親だ。死んでしまえばいいのに。

僕はそう思っただけだったのか、それとも口にしていたのだろうか。

※

ビールが尽きたので近くのコンビニに買いに行くことにした。いつもより原稿が進んでいるから、今日は酒の減りも早い。

まずは最初の動画で〝助葬師〟の噂を、これでもかと大々的に紹介することにした。誇張も大いにありだ。霊障に悩む人間を次々と救う覆面霊能者。誰も正体を知らない噂の人物に、我々はコンタクトを取ることに成功した。

財布と鍵を手にして部屋を出ることにする。壁に掛けたロープも忘れないよう、しっかりと左手に握っておく。

羽野アキラは地味な部分もあるが、紹介の仕方次第では人気を得られるだろう。今回の『オカしな』の動画がきっかけになり、来年にはテレビに出演しているかもしれない。

エレベーターのパネルに表示された数字が小さくなっていく。カウントダウンのように。照明は馬鹿馬鹿しいほどに眩しくて、一階で扉が開いた時には暗闇に足を踏み出す気がした。規則的に並んでいるドアたち。薄暗い廊下。裏手の駐輪場。

羽野アキラの経歴を紹介して、次に直近で関わった霊障事件などについて話してもらう。取材で彼女はどんな話をしたんだったか。たしか、何かの贈り物に関する呪いに助言を与えたと言っていた。

マンションのエントランスを抜けて、より暗い深夜の道へと出る。遠くの街灯が薄らと住宅街の陰影を抜き出している。左右の家が巨大化していって、空を圧迫していくような感じがした。

それから、あの写真についても語ろう。

※

その日も僕は就活に失敗して、帰りの電車に乗っていた。

足を投げ出して、コンビニで買った缶チューハイを車内で呷っていた。周囲からの視線は冷たくて、世間から自分が見下される感覚に身を任せていた。自分の価値を下げるのは心地よかった。

そんな時に、ふと携帯にメールの着信があった。

『遠山君、就活はどうですか？　こっちは限界が来たみたいです』

差出人は飯野健吾だった。メール画面をスクロールする。

『これから家族を殺して僕も死にます』

つい鼻で笑ってしまった。遅かれ早かれ、こうなるだろうという、どこかで予感めいたものがあった。飯野健吾は立派な父親などではないし、その家族だって歪んだものだ。どこかで崩壊するはずだ。僕もそうだった。

『これも全て、遠山君のおかげです』

ただ、その言葉は許せなかった。彼は最期の瞬間まで、誰かのせいにするんだ。自分の行動に責任を持てない大人だ。

僕は次の駅で降り、彼の自宅を目指して電車を乗り換えた。

※

五月の夜は寒かったけれど、体の中には未だにアルコールが残っていて、むしろ上着のジャケットを脱いでしまいたくなった。今日の取材中から着ているから汗臭いのもそうだ。

それしても気分が良い。

羽野アキラと出会えて本当に良かった。彼女は最初に会った時から、あの写真のことを看破していた。それに加えて、今まで知ることもなかった呪いの正体も教えてくれた。

何が送肉粽だ。見ただけで呪われるなんて、そんな理不尽なことがあって堪るものか。

呪いというのは、あの飯野健吾と、その家族のようなところに訪れるべきだ。しかるべき理由があって、起こるべき不幸が順当に降りかかる。それが呪いだ。

これまで呪いについては『オカしな』でも取り上げてきた。科学的なことを言えば、精神的な不調を外的要因によるものだと理由付けることだ。もしも自分が呪われていると気づいたら、ほんの小さな不幸もそのせいにするだろう。

遠山君のおかげです。

不意に思い出す言葉があった。そういう意味なら、僕は飯野健吾にとって呪いになっていたのかもしれない。彼は自身に起きる不幸を僕のせいにした。自分の失敗を他人のせいにし続けた人間の末路だ。

なら、ざまぁみろ、だ。

僕はコンビニで買ったばかりの缶ビールを開ける。小気味良い音がする。誰もいない深夜の道路で酒を飲むのは良い。誰も僕を見ないから、みじめに思うこともない。左手に持つロープを強く握る。コンビニの店員が訝しげに見ていた。

視界の端で大きな肉粽が、ゆらゆら、と揺れている。

※

電車を乗り継いで、飯野健吾の家に着いたのは午後十一時頃だった。もう終電で帰ることもできない。このまま文句を言って、彼の家に泊めてもらうのも良い。

「飯野さん」

チャイムを鳴らしても誰も出てこないから、そのまま家に上がることにした。鍵はかかってなかった。僕が来ることを信じているようで、どうにも不快な気持ちになる。

「飯野さん」

廊下は暗く、家のどこにも照明が点いていない。心臓が高鳴る。ただ怖い訳じゃない。ここに来るまでの間に、何度もイメージしていた光景が広がっていたらどうしよう、そういった期待だった。

「いないんですか、遠山です」

たとえば、リビングに入ると包丁で首を突いた飯野健吾と、血塗れの家族が倒れているのを想像した。ドラマの世界で見るような光景が本当にあったらどうしようか。主演俳優である彼にサインを求めたい気分だ。

「飯野さん！」

逆に、これが彼のサプライズだったらどうしようか。クラッカーが鳴らされて、僕を囲んでホームパーティが繰り広げられる。そんな馬鹿げた想像もした。

そこで苦しげに呻く声が聞こえた。

暗い廊下の中心だった。二階へ続く階段があって、上は吹き抜けになっている。あの時、人形が落とされた場所だ。

僕は不思議なものを見た。

干し柿とか、大根とか、食料を紐でくくって吊るすヤツ。誰かにとってはノスタルジックな光景かもしれないが、そこにあるのはもっと巨大で、もっと不道徳だった。

三人の人間が並んで、吹き抜けに吊るされていた。

※

吊るすなら、なるべく目立つ場所が良い。

自室の壁掛けのハンガーラックなんかではダメで、もっと頑丈で、しっかりした場所が良い。そういう意味なら、飯野健吾の家は良かった。新築だからか、建材もしっかりしていた。大人一人と子供二人を吊っても、二階の手すりは軋んだりしていなかった。

首を吊って死んだ者を、肉粽なんて喩えるのだから向こうのセンスには舌を巻く。そんな風に呼ぶのなら、端午の節句のたびに思い出してしまうだろう。

軒先に吊るされた粽。手すりに吊るされた肉の塊。

鬱血した顔は青黒くて、目も舌も飛び出していて、弛緩した体は人間には見えない。僕が覚えている彼の妻の姿は、骨ばった首周りと、それとは逆に垂れ落ちた肉が詰まったかのような下半身だった。

歩いていると早渕川に架かる橋に出た。鉄製の欄干は強固そうで、僕一人の体重くらいなら十分に支えてくれそうだった。住宅街の中にあるのも良い。明日の朝には見つけてもらえるだろう。

ロープを欄干に結んでいく。しっかりと、解けることのないように。もう輪っかは出来上がっている。

　そこに首を通せば、あとは簡単だ。

※

　二階から吊るされているのは、彼の妻と二人の息子だった。

　そして、呻き声は両者から漏れていた。

　まだ生きているのだ。首に食い込むロープを必死に摑んで、死に対して抗っている。勇斗君は訳も分からず咽び泣いているが、その横にいる長男は全身で憎しみを表現していた。破れた喉から血を噴いても、なおも叫んでいる。痩せ細った両腕でしっかりと首にかかるロープを摑み、宙ぶらりんになった足をばたつかせている。まるで水泳が下手な子供がバタ足をしているみたいに。

　見守っていても良かった。けれど、その瞬間の僕は善人だったらしく、すぐに階段を駆け上がって二階へと向かっていた。

「今、助けるからな！」

　叫びながら階段を上がり、吹き抜けを見下ろす踊り場に立つ。

　すると、そこに飯野健吾が座っていた。壁を背にして、だらしなく突っ張った腹を膨らませて息をしている。

「遠山君」

僕は彼の言葉を無視した。手すりに結ばれたロープを解こうとした。しかし暗い室内では手元も見えず、予想よりも固く結ばれたロープには爪が入ることもない。それならば渾身の力で引き上げようと思った。多少は苦しむだろうが、それで命が助かるなら上等だ。

「全部、君のおかげだよ」

背後から声が聞こえた。それまで無視してきたのに、その言葉には全身の血が沸騰するような怒りを覚えた。

だから、僕は選んだ。

※

欄干に繋がったロープを引っ張ってみる。全くびくともしない。固く結ばれたロープには爪が入り込む余地もない。もちろん、人間の力で引きちぎることはできないし、ナイフで切るにも時間が必要だろう。

これで完璧だ。きっと誰も僕を助けられない。僕が彼を助けられなかったように。

仕方のないことだった。全部、仕方のないことだ。

輪になったロープを首に通し、欄干から身を乗り出す。背の低い欄干に腰掛け、缶に残ったビールを最後の一滴まで飲み干す。月が綺麗だった。浅い早渕川が流れていく。岸辺の草を虫が跳ねている。

勢いよく飛び出すと、いわゆる死刑と同じ方法になってしまう。あれは一瞬で意識を失うというから、それでは彼と同じにならない。もっと苦しまなければいけない。

ビールの缶を投げ捨て、欄干の向こうの縁に足をかける。後ろに回した手で欄干を押さえつつ、ゆっくりと身を下ろしていく。

死というものが、こんなに身近にあるとは思わなかった。ほんの一歩先じゃないか。ここで手を滑らせれば、僕はあっさりと死ぬだろう。誰も助けてくれない。

※

僕はロープを両手で握り、その下で足搔く少年を引き上げた。

汗で滑りそうになるのを、ロープを腕に巻きつくことで防いだ。一気に助けることはできなかったから苦しかっただろう。でも、彼の体に触れられるところまで来れば安心だ。あとは彼の服に手を伸ばし、手すりのこちら側へと引き寄せれば良い。この手すりのこちら側と向こう側で、生と死が分け隔てられている。その実感に僕は泣いてしまいそうだった。

「もう、大丈夫だ」

ようやく体を引き上げると、彼は血走った目で僕を見上げた。痩せ細った腕が絡んでくる。伸ばしたままの爪が僕の皮膚を傷つける。口から血の泡が溢れていた。

「なんで」

背後から飯野健吾の驚愕(きょうがく)の声があった。

「そっちを助けるんだ!」

絶叫だった。

彼は僕が助けたのが、あの長男の方だと知って半狂乱のまま摑みかかってきた。この馬鹿げたやり取りがなければ、もう一人の息子、彼の大事な勇斗君も助けられたかもしれないのに。

「そんなヤツを、なんでだ。死ねば良かったのに!」

もしかしたら、僕は笑っていたかもしれない。でも、きっと家の中は暗くて見えなかっただろう。

「大事な息子さんが助かって、良かったじゃないすか」

僕はゆっくりと振り返る。さっきまでの必死さはもうない。彼は蹲(うずくま)って、血走った目で僕を見上げている。耳を澄ませば、吹き抜けの下で喘(あえ)ぐ悲痛な声も聞こえなくなっていた。

「なんでだよ、ちゃんと贈っただろ。どうしてこっちが不幸になるんだ。呪われるのは君の方だ」

そこで彼は何度もこめかみの辺りを掻き毟った。

「サンリンボーの日に、写真をあげただろ！」

※

僕は飯野健吾に不幸になってもらいたかった。

散々虐げてきた長男だけが助かったら、彼はどんな人生を送るのだろうか。だから僕はわざと助けるべき命を選んだ。

それでいいじゃないか。僕は彼にとって呪いなんだから、より不幸な方を与えるのが使命だ。

満ち足りた気持ちのまま、僕は橋の縁から身を投げた。

※

彼の家の前に救急車と警察車両が止まっている。あれだけ周囲に駐車場があるのに、それらを使うことはなかった。

「僕が来た時には、もう二人とも」

通報した人間として、警察から何度も事情聴取を受けた。でも、僕が真実を話すことはなかった。

「飯野さんの奥さんが、無理心中をするって騒いでいたらしくて、僕は彼の息子さんから助けを求める電話を受け取ったんです」

既に飯野健吾から届いたメールは削除していた。僕の方も、彼の方もだ。あんな状態では僕の言うことを聞くしかなかっただろう。

「彼の息子さんとは、前に知り合って友人になっていたので」

それから、僕は飯野健吾の長男と口裏を合わせることにした。彼は素晴らしい悪意の持ち主で、僕がしたかったことを即座に汲み取ってくれたらしい。

「飯野さんは自分のせいだ、って言ってるみたいですけど、こうなるまで気づけなかった自責の念なんだと思います」

シナリオはできていた。一家心中を図ったのは奥さんの方で、飯野健吾は後から発見した悲しき父親だ。僕は危機を察知した長男からの電話を受けて助けに来た善意の人だ。

あの長男はこれから、時間をかけて父親に復讐するかもしれない。その光景を想像するだけで、僕は楽しい気持ちになる。

※

どうやら僕は生きているらしい。

視界には青い夜空がある。全身に痛みはあるが、感覚はまだある。ただ体の大部分が川の流れに浸っていて、身を起こすのは億劫だった。

首元にはロープが繋がれているが、指でなぞっていくと先端部分で千切れていることがわかった。馬鹿馬鹿しい。あれだけ吊るす場所を選んだのに、肝心のロープが粗悪品だった。

情けないことに、僕は首を吊ることもできず、ただ酔った勢いで浅い川に飛び込んだだけの男になってしまった。

ふとジャケットの内ポケットに違和感があった。

「なんだ、これ」

取り出してみると、それは水に濡れてボロボロとなった紙切れだった。黄色い紙に漢字と図形が描かれている。こういった類のものは知っている。いわゆる護符だ。

「そういうことか」

護符の出どころを考えれば簡単だった。これは道教寺院で使われているものだ。昨日、まさにそこに行ったはずだ。

横浜中華街の媽祖廟は台湾系の寺院で、そうなれば送肉粽に対する護符も用意できるはずだ。なら誰がジャケットの内ポケットに忍ばせたか。考えるまでもない。

あの大型犬みたいな女性。〝助葬師〟たる羽野アキラだ。

「何が理不尽なものが怖い、だ」

右の頬が痛かった。それは彼女に打たれた場所だったが、その痛みが今の状況によるものか、思い出したものかは判然としない。

数日後、また羽野アキラに会うことになった。

今度は動画の撮影のつもりで、ロケ場所として多摩川(たまがわ)の河川敷に来てもらうことになった。

すると彼女は同じ大学の友人だという女性と一緒に現れた。女性は『オカしな』のファンだというが、おそらくそれは嘘だ。どちらかと言えば、適当極まる羽野のお目付け役か、マネージャーのようなものだろう。羽野のことが心配なのはわかるが、そこは安心してくれていい。

それに今日の撮影だって、どこまでやれるかは不明だ。なにせ僕は打ち身と右足の骨折で満身創痍だったし、どういう訳か彼女も右手を三角巾で吊っている。

「いやぁ、強い悪霊と戦いまして」

などと言うが、おそらく不注意からの事故だろう。

「それより遠山さん、この間のニュース見ました？」

「ああ、見ましたよ」

埼玉入間市の住宅で男性の遺体が発見された。いわゆる孤独死だったらしく、ゴミ屋敷の中で腐敗した状態で見つかったらしい。死んだ男性の名前は飯野健吾。ニュース映像で使われた彼の写真は、僕が持っていたものより老け込んでいた。

「遠山さんに見せてもらった写真の人でしたね」

「結局、あなたの言う通りになりましたよ」

改めて思えば、先日の出来事も飯野健吾の死が引き金だったのだろう。彼が死んだことで僕に呪いが返ってきた結果だったのかもしれない。

ただ、どうやら僕は救われたらしい。

送肉粽の悪霊は海に流れていくという。あの日に落ちた早渕川も東京湾へと繋がっている。

僕という呪いも、遠く海へと送られていく。

第三章　幸福な王子

1

玄関の前に、ぽつんと段ボールが置かれていた。

決して綺麗なものではなかった。段ボールはベコベコに潰れていたし、雑にガムテープが巻かれている。かろうじて上部に送り状が貼ってあったから宅配物だとわかった。汚い文字で「古河まちか様」とあるから、間違いなく私宛の荷物だ。

「最悪」

置き配の設定なんてしていない。宅配ボックスもちゃんと横にあるのに、業者が面倒臭がって置き去りにした。それに中身だって期待できない。多分、この間フリマアプリで買った洋服だろうけど、こんな梱包で送ってくるなんてどうかしてる。

荷物を運ぶ気も起きなかった。ただでさえ大学の帰りで疲れてるんだ。ドアを開けてから、大量の靴が散らばったスペースに荷物を足で押し込む。

履きづらいパンプスは脱ぐのも面倒だ。しゃがんで留め具を外す際にバランスを崩し、思い切り左手を床についてしまった。持っていたバッグがクッション代わりになったけど、中に入れているチョコの箱は潰れてしまっただろう。

だから舌打ちをする。誰も聞いていないから。

足に引っかかったパンプスを背後へ放り捨て、コンビニ袋の山を掻き分けて室内へ。シンクに溜まった皿は一週間前のものだ。だって仕方ない。こんなに生活に余裕がなくなるとは思わなかった。

去年はずっと大学もオンラインで講義をやってたくせに、四月から急に対面授業を増やし始めた。確かに新入生が大学生活を送れないのは可哀想だけれど、私みたいな三年生にとっては飽き飽きしてる部分もある。

授業はつまらないし、入学して早々に入った旅行サークルも最悪だった。男も女もイキった勘違いちゃんばかり。結局、金だけ取られて旅行なんて行かなかったし、クソみたいな飲み会に数回参加して終わりだった。お酒もタバコも大嫌いだし、ブサイクな男の先輩にお酒の注ぎ方を注意されたのもイヤな思い出だ。

それに、外に出られなくても苦じゃなかった。私には大好きな人がいるから。

「リオン様、今日の配信も楽しみにしてます」

ベッドに転がり込んで、スマホからTwitterをチェックする。ユーザーのアイコンには銀髪の男性。フォロワー数は二十万人と少しで認証マーク付き。自己紹介はあっさりと「配信者／ラーメン好き」とだけ。ほんの数分前にも見ていたけど、落ち着いて見るとそれだけで満たされる気持ちがある。

神無(かみなし)リオン。それが私の推し。

昔は歌い手だったのが、今は配信メインで活動している人。いつもの写真は可愛い系に見えるけど、実際に喋(しゃべ)ってるところを見るとワイルド系で、そのギャップも推せる。

「早く配信始めて欲しいなぁ」

私の願いが通じたのか、何度も更新したTwitter上に配信先のリンクが現れる。それと同時に、スマホに入れたアプリの方からも「神無リオンのライブ」という通知が届いた。もちろん数秒以内にタップして配信画面を開く。

『はい、いらっしゃい』

スマホの小さな画面の向こうにリオン様がいる。黒いシャツを着て、無機質な白い壁の前で座っている。派手な演出も何もない。それでも彼の甘い声を聞けて、美しい姿を見られるだけで幸せだ。

『今日は遅くてごめんね、少し仕事が押しててさ』

「ううん、私も今帰ってきたところだよ」

彼の今の髪色はTwitterのアイコンとは違って金髪。ラフなセンターパートに大きな瞳。それでいて私の方へ向ける視線は冷酷で、でも時折見せる笑顔で白い歯が見えるのも愛らしかった。

『なんか今日多いね、みんな暇なの？』

彼の言う通り、今日の配信は普段より一割ほど同時接続の人数が多い。リオン様は笑って茶化しているが、これは昨日、彼のことを紹介した誰かのツイートが小さくバズったせいだろう。

正直に言えば悔しい。私もサブアカで似たようなツイートをしていた。リオン様の良さを広められなかったことに不満がある。

でも、そんな嫉妬は情けない、と自分を慰める。ベッド脇に置いたバッグを取り上げて、その中身を取り出す。

「それより聞いて、リオン様。チョコ買ってきたよ」

案の定、ショコラティエで買ってきた高級チョコの箱は潰れていたけど、でも中身が無事ならそれでいい。

「リオン様、あーん、ってして」

私は口に出した言葉をスマホに打ち込んで、それと同時に投げ銭も用意する。私からアプリに課金することで、好みの配信者にお金を投げることもできる。最初は五千円。後でまた五千円。最後に一万円を投げよう。まだ仕送りの残りはあるはず。

『おっと、チマちゃんからだ。いつもありがと。で、チョコを買ってきたから、あーんして、って？　馬鹿じゃねぇの？』

画面の向こうでリオン様が笑っている。馬鹿と言われたけど、別に嫌がっているような雰囲気ではない。恋人が恥ずかしがっているのと同じ。

『しょうがないなぁ、ほら、あーん』

「あーん」

画面越しにリオン様から甘い声が響く。指を近づけてくれる。私は目を瞑って、自分でつまんだチョコレートを口に放り込む。

『はいはい、終わり。恥ずかしいからさ、こういうこと言わせるのやめろよな』

目を開ければ、そっぽを向いたリオン様の姿がある。恋人みたいなやり取りに、コメント欄では「いいな」とか「羨ましい」とかいう言葉が並ぶ。勇気を出して頼んだ私の勝ちだ。

それから二十分くらいは、リオン様の世間話にコメントで返したりする。他のリスナーの要望に応える場面もあったが、どれも私の時よりおざなりにやっているように見えた。きっと本気でやってくれたのは私だけで、あとは付き合いみたいなものだろう。

などと一日で最も大事な時間を過ごしていると、リオン様が不意に「そういえば」と切り出してきた。

『最近さ、家に変な荷物届いた人とかいない？』

あ、と思わず声を出してしまった。玄関先に置いた荷物のことを思い出した。だから彼は私のことを言っているのだと思った。でも、それも一瞬だけの喜びだった。

『送りつけ詐欺だっけ？　勝手に荷物送ってさ、それを開けたら購入したってことで、あとで代金を請求されるやつ』

「なんだ」

なんのことはない、一般的な話だった。私のところに来た荷物は、きっとそんな詐欺に使われるものじゃない。だって、あんなに汚い箱で送られても開ける人間なんていないはず。

ただ、画面の中のリオン様は面白そうに薄く笑っていた。

『だから、普通は開けないでおくんだ。でも気をつけなよ。中には開けないでいると呪われる荷物があるかも、って話』

息が詰まる。彼の視線は今までで一番冷たい。

「どういうこと？　教えて」

ベッドに仰向けのまま、スマホでコメントを打ち込んでいく。

『はは、ビビってる？　いや、呪いの荷物って話があるんだよ。勝手に贈り物をしてさ、その中身がナマモノとかで、知らないうちに腐らせると呪われちゃうんだって。知り合いから聞いたんだけど』

コメント欄には「知らなかった」やら「こわい」やら、面白みもない反応が並んでいる。とはいえ私だって、気の利いたことを言える自信はない。

『そうだな、特に埼玉県、あとは群馬、栃木辺りから送られてきた荷物は注意って言ってたな。あー、これ気になるんだよな。皆も情報あったら教えてくれよ』

そう言いつつ、リオン様は凡庸なコメントを拾って返していく。そんなのに反応しなくていいのに。しかも興味がそっちに向いてしまったのか、配信では幽霊やら事故物件やらの話題にシフトしてしまう。

リオン様は、たまにこういうホラー系のネタを出してくる。今までの配信でも、オカルト系動画チャンネルの『ミサキ研究所』や『オカしな世界』の話をしていた覚えがある。

「好きなのかな、そういうの」

これればかりはリオン様の欠点だ。私は彼の全てを認めてあげたいけど、ことオカルトや心霊関連だけは大嫌いだから仕方ない。

だって、単純に怖い。

「やだよ、一人で寝るの怖くなっちゃった」

きっと今日は電気を点けたまま寝ることになる。今でも玄関の暗がりに目を向けたくない。あとで確認しようと思った荷物だって放置するしかない。

イヤな想像ばかりする。私が寝静まったあとで、玄関の段ボールががさごそと動く。内側からガムテープを切って、カニの脚を持ったお化けが飛び出してくるんだ。

少し馬鹿みたいな想像したのは、この間の仕送りにカニが入っていたからだ。嬉しくなんてない。お金だけ送ってくればいいのに、食べ切れないくらいのお米も送ってくる。

眠くなると小さな不満ばかりが頭をよぎる。

2

大学の同じゼミに、羽野アキラという変な女がいる。

私のいる近代文学ゼミは、教授には悪いけど、成績の悪い人間が逃げ込む避難所だ。だからゼミ生の数は学部トップだし、良い意味でも悪い意味でも、様々な人間が集まる。

その中でも羽野は群を抜いて変な女で、成績も悪くないのに好きこのんで近文ゼミに来たらしい。それにコミュニケーション能力が高いのか低いのかもわからない。中庭で友達に囲まれてお喋りをしていることもあれば、一人きりで学食でランチを食べていることもある。

そして、私はこの女が大嫌いだ。

「それって、神無リオンですよね？」

対面授業が始まってすぐのゼミ実習で、隣の席に座っていた羽野が私に話しかけてきた。授業の始まる直前に、前日のリオン様の配信をスマホで見返していた時だ。

「うん」

私は彼女もリオン様のことが好きなんだと思った。推し被りは正直イヤだけど、リオン様の魅力を理解できるなら良い人間だと思っていた。

それなのにアイツは――。

「あはは、私、その人キライです」

などと、馬鹿みたいに声を出して笑っていた。

「そういうこと、言わない方がいいから」

別に怒ったりはしない。リオン様にアンチが多いのだって知っている。この女がたまたまそうだっただけ。でも、いきなり割り込んできて話すのは遠慮がなさすぎじゃない？

私は空気の読めない女は大嫌い。だからって正面から相手と喧嘩して、ゼミ全体の雰囲気を悪くするのもイヤだ。だからここは、そっけなく接するのが一番。

という訳で、私は羽野アキラとは極力話さないようにしている。

「あれ、古河ちゃん、今日は何見てるんですかぁ？」

だというのに、次のゼミ実習でも羽野は性懲りもなく私の隣の席に座って、講義が始まるまでの短い時間でも雑談してこようとする。

「別に。適当に流してるだけ」

スマホの画面では、美少女を模した3Dモデルが世界の未確認生物について解説している。この動画も違うと思って、関連動画の中から次は「呪いの能面」なるものの紹介動画へ飛ぶ。

「あ、まだ見てたのにぃ」

「貴方に見せてる訳じゃないから」

「じゃ、タイトル教えてください。後で自分で見るんで」

思わず溜め息を吐きそうになるのを堪える。さっさと話を終わらせたかったから、さっきの動画のチャンネルが『オカしな世界』というものだと伝えてあげた。

「なるほど。いわゆるオカルト系ですねぇ。古河ちゃんって、そういうの好きなんですか？」

「大嫌い」

そう言うと、羽野はいつもの能天気な調子で笑ってから。

「私はオカルトとか好きなんです。これで古河ちゃんとおあいこですねぇ」

と、言ってきた。

「そーだね」

今度は溜め息を我慢できなかった。あからさまに話したくないオーラを出しているのに、この女はズカズカとこちらのパーソナルスペースに入り込んでくる。

「キライなのに、なんで見てるんですか？」

「貴方の嫌いなリオン様が見てるからだよ。この間の動画でそれ系の話してたから、ネタ元探してんの」

「あ、届いたら呪われる荷物ってヤツですかぁ？」

ばっ、と大声を出しそうになってしまう。言いかけた言葉は「馬鹿」だ。

「なに、見てんの？　リオン様の配信」

「はーい。古河ちゃんが好きって言ってたんで」

どこまでも遠慮のない女だ。嬉しいような、ムカつくような、複雑な気分にさせてくれる。

「同担拒否なんで」

「あはは、キライなのは変わらないんで安心してくださーい」

それより、と唐突に羽野が顔を近づけてきた。

大きな瞳でこちらを覗き込んでくる。顔に似合わない大人っぽい匂いは、きっとランバンの香水だ。私が使いたくても使えなかったヤツ。

「そうだ、呪われる荷物のネタ元、一緒に探しませんか」

「は？」

彼女の小さな囁き。思わず聞き返そうとしたけど、すぐに授業の始まりを告げるチャイムが鳴ってしまった。

「神無リオンも知りたがってたじゃないですか。だから、ね？」

彼女は、もしかしたら私の想像よりずっと変なヤツなのかもしれない。変でも愛嬌のある動物だったら許せるけど、これがＵＭＡだというなら、私は本格的に距離をおく必要がある。

羽野アキラが目を細めて笑っていた。

私は今、図書館の学習スペースで羽野を待っている。

とても癪なことだが、まだ図書館ならばアイツと余計なお喋りをしなくて済む。一緒にカフェへ行くよりかはマシだ。それに、私が興味のないオカルト関連を勝手に調べてくれるなら助かる。アイツが手にした情報をリオン様に伝えれば、少しでも覚えを良くしてもらえるはず。

「お待たせしましたぁ」

そうして西日が窓から差し込んだ頃、背後から羽野の小声が聞こえてきた。視界に長い黒髪が揺れ、机の上に数冊の本が載せられる。最後に、ひょっこりと横からアホ面が現れた。

「おつかれ」

そっちを振り向いてやるつもりもなかった。私はスマホで通販サイトを眺めているだけ。

「よっこいしょ、っと」

それなのに、羽野は私の隣に座ってきた。仕切りのない机なんだから、こういう時は普通、対面の方に座るだろ。横並びなら、せめて一つ分の間をあけろ。

「アンタさ、距離感バグってない？」

「バグってないですよ？」

羽野がキョトン、と小首をかしげている。待て、と言ったのにすぐ餌を食べるバカ犬みたいだった。実家で飼っていた犬を思い出して懐かしい気持ちになる。

「いいよ。とにかく、なんかわかったの？」

「ふふ、色々と調べたので完全に理解しました」

「さっさと話す。あと声が大きい」

はい、と羽野が身を小さくさせる。これも怒られた時の飼い犬の仕草と似ていた。

「えっと、まず神無リオンの配信で、埼玉県、栃木県、群馬県から送られてきた荷物に注意って言ってたんですよね」

「この三県の共通点なんですけど、どれも養蚕業が盛んな地域なんです。ちょうど日本近代史の講義でやってましたけど、あ、古河ちゃん取ってます？」

「うん、言ってた」

「余計なお喋りはいいから、次」

もういい。例のネタ元の話を聞いたら終わりにする。そしたらソッコーで帰って、リオン様にリプを飛ばす。あの動画の話ってこうでしたよね、って。他のファンは誰も気づいていないはず。私だけがリオン様に近づける。

そう覚悟したのに、隣の女は妙なことを言いだした。

「じゃあ、古河ちゃんは、虫とか平気ですか？」

「え？」

「大丈夫っていうていで話しますねぇ。まず昔の中国に金蚕蠱っていう呪術があるんですけど、あ、蠱毒って知ってます？」

あっけらかんと羽野は言ってくるし、こちらのペースというものを考えてこない。とはいえ、蠱毒という言葉自体はリオン様が何かの時に言っていたから知っている。

「一応。なんか、虫の呪いでしょ」

「そうです。沢山の虫を一つの壺に入れて殺し合わせて、生き残ったのを呪術に使うっていうヤツです。この蠱毒で作られる虫の一つが金色の蚕みたいなヤツなんです」

ふうん、と反応はしておく。

「でぇ、この金蚕は凄(すご)い効果を持ってるんですね。コイツを持ってると財産がどんどん増えてくんです。ただし、金蚕に十分な餌を与えないと、たちまち全部の財産がなくなるか、もしくは金蚕を持ってる人間が早死にするか、家が滅びるんです」

「それって、呪われる荷物と何が関係あるの？」

「それがあるんですよぉ。この金蚕を使った呪いに嫁金蚕(かきんさん)というのがあるんですね。〝カ〟は嫁入りの嫁です。まず箱に金蚕と大量の金銀を入れて道端に置くんです。それを他人が拾うと、金蚕の所有者が代わるんです。何も知らない人から見たら、いきなり金銀財宝が手に入ってラッキーですよね」

ああ、と頷(うなず)いた。

それが呪われる荷物だというのだ。欲に目がくらんだ誰かが箱を拾うと、そのキンサンとかいう呪いが移る。そうして今度は、移った側が呪われて、早死にしたり貧乏になったりする。

「養蚕業の盛んな地域から送られる不審な荷物、そして蚕を使った呪術。ほら、ピッタリですよね？」

「そうだね」

無駄に身構えて損した。話を聞く限り、ホラーよりの話なんかじゃなくて、どちらかと言えば昔話みたいなものだ。

とにかく、これで呪われる荷物とやらの話も聞けた。これで十分、もう帰ろう。ただ、お礼の一言くらいは言ってやるか。

そう思って横を向けば、羽野が目を細めて笑っていた。

「羽野さんさぁ、やけに嬉しそうだね」

「あれ、そうですか。いや、こういう話好きなんです。それを友達と話せるのワクワクしちゃって」

「あっそ」

私は彼女と友達になった覚えはない。でも、きっと彼女は少しでも会話した相手を友達と呼ぶタイプだ。人間関係のカテゴリ分けが致命的に下手な人間だ。

ふぅ、と溜め息を一つ。

「知らない話を聞けて良かったよ。ありがとう」

「あ、そういえば」

私が席を立とうとした瞬間、彼女の方から声があった。

「もし、何か困ったことがあったら〝助葬師(じょそうし)〟っていう人を頼るといいですよ。霊能者です。ネットで見つかると思います」

「なにそれ。羽野さんの推し？」

「いえ、キライな人間です」

その答えに、思わず私も笑ってしまった。彼女のことは苦手だけれど、そういうハッキリしたところは少しだけ憧れる。

そこで彼女の言葉の真意に気づいて、バッグを取ろうとした手が強張る。

「ねぇ、なんで私が困ってると思ったの？」

西日が傾いて柱の影が羽野の顔がかかった。その下で彼女は笑っていた。

3

「最悪」

これは二つの出来事に対する感想だ。

一つは羽野アキラが全く役に立たなかったこと。

大学の帰り道で、彼女から聞いたキンサンとかいう呪術の話をTwitterでリオン様に送ってみた。すると「そうなんだ、知らなかった」とそっけないリプが返ってきた。リプが来るだけでも貴重なのに、それを変な話題で消費してしまった。何がネタ元を知ってます、だ。まるきり違うだろ。

それで二つ目。

「一体なんなの」

今日も玄関の前に、小さな段ボールが置かれていた。

今度は完全に頼んでない荷物だ。フリマアプリでアクセサリーは買ったけど、それは数日前に届いている。同じマンションの別の部屋？　違う。今回も送り状が貼られていて、宛名も住所も私のものだ。

箱は小さくて、片手で持てるほどだった。重さもないし、振ってみても音はしない。送り主に心当たりはないけど、このまま放置するのも怖かった。

だから玄関を開けてすぐ、この間の荷物の上に投げ捨てた。結局、前回の荷物だって開けてない。同じ家に何度も変な荷物を送ってどうするんだ。これが送りつけ詐欺なら、私は詐欺師に馬鹿だと思われているに違いない。

舌打ちをしてから部屋の中へ。

いつもと同じ風景。決して綺麗とは言えない部屋。四月だというのに蒸し暑くて、電力も気にせずクーラーをつける。お金が足りなくなったら、また実家に連絡すればいい。母親は良い顔をしないだろうけど、父親の方は喜んで仕送りを追加してくれるはずだ。

「リオン様、今日は配信なしかぁ」

服を着替えるのも億劫だった。だから息苦しいブラウスと体型に見合わないスカートを脱ぎ捨てて、そのままベッドに転がり込む。

「今日は疲れちゃったな、リオン様」

大学生活は自分を偽ることばかりでうんざりする。

一応、周囲からは良いところのお嬢様、っていうキャラで見られている。あながち間違いでもないけど、父親は成金社長で品性はないし、母親はただの教育ママだ。今の私が周囲の人間に好かれているのは、私が必死に会得した立ち振舞があるから。

そういう意味では、あの空気の読めない、距離感もバグってる女のことを羨ましく思う。きっと失うものが何もないのだ。

などと思っていると、スマホに電話の着信があった。

知らない番号。今どき普通の電話なんて誰がしてくるんだ。ましてや例の送りつけ詐欺の一環だとしたら出ない方が良い。ただの間違い電話もそうだ。

ただ、そうでない場合の電話なら。

スマホを手から放して数秒、ベッド脇に置いたそれから音が聞こえなくなる。これで煩(わずら)わしくない。

そう思っていると、今度はＬＩＮＥの通知音が響いた。

「は？」

まさか着信は友人だったんだろうか。そう思って画面を見ると、そこに『羽野アキラ』という名前とカワウソのアイコンがあった。

『羽野ですー。今日はありがとうございました！　あと話した内容、よく考えると間違えてました。なので電話出てくださーい』

「はぁ」

ゼミ生同士で連絡網とＬＩＮＥグループは作っている。そこから辿れば私の電話番号も、アカウントも彼女に伝わるだろう。その可能性を考えなかったのは、羽野が現代機器に疎いだろうと勝手に思っていたからだ。

『友達追加してー』

そこで「おねがい」と書かれたカワウソのスタンプが飛んでくる。ウザいことこの上ないが、ムカつくことにカワウソの絵は可愛かった。本当はブロックか通報してやりたかったけど、仕方なく承認してやる。それに無視するとスタンプを連打してくるかもしれない。

『よろしく』

私はなるべく感情を殺して一文を送った。

すると『ありがとう』と書かれたカワウソのスタンプが飛んできて、その直後に向こうから通話が送られてくる。

「あ、古河ちゃーん」

なし崩しで通話ボタンも押してしまった。もう諦めの境地だ。

「何か用？」

「あはは ー、うん、夕方に話したヤツ、多分違ったなぁ、って後から思って」

「ちょっと!」

これが通話で良かったと思う。隣にいたら殴ってる。

「神無リオンの配信だと、腐らせると良くない、って言ってたんですねぇ。じゃあ、蠱毒じゃなくて三隣亡(サンリンボー)の方です」

「は? え、なに?」

「さんりんぼー、です。三つ隣が亡(ほろ)びる、って書きます」

うん、と頷いてから通話をスピーカーにして起き上がる。なんとなく先の展開が読めたからだ。スマホをテレビ台の横に置いておく。

「これは二つ種類があって、あれ、大まかには同じなのかな? まぁ、とにかく贈り物に関する呪いです」

床に落ちてたパジャマを拾い上げて袖を通す。何もかもが面倒だったけど、より面倒なことができると他のことはできるらしい。

「一つ目は三隣亡の日に家を建てたり、贈り物を受け取ってはいけない、っていうヤツです。あ、三隣亡の日っていうのがあるんですね。ほら、一粒万倍日みたいな。よく宝くじ売り場でのぼりが出てるヤツ」

「そうなんだ」

「二つ目が多分、今回の話ですよね。三隣亡の日に他人の家に贈り物をして、呪いをかけて財産を奪うっていう方法です。蠱毒の話と同じで、贈った方は家が栄えて、贈られた方は家が滅びます」

キッチンの方へ移動して、冷蔵庫から飲み物を取り出す。通話が終わったらシャワーでも浴びよう、と思った。

「金蚕蠱の話をしたのも、この風習と良く似てるからです。三隣亡の日にした贈り物、これはお餅とか野菜なんですけど、それを勝手に家の敷地とかに置いて、家主が見つける前に贈り物が腐ると呪いが成功するんですー」

遠くから羽野の声が聞こえる。ペットボトルから口を離す。

「なんて？」

「勝手に贈り物が来てぇ、その中身が腐ると呪われちゃうんです。だから神無リオンも、届いた荷物は開けた方が良いって言ったんだと思うんですよぉ」

チラと横を向けば、玄関先に二つの段ボールがある。小さい方はともかく、大きい方はそこそこの重量があった。

「それって、なんか決まった方法とかあるの？　その、贈り方とか」

寒気がするのは薄着だからか、クーラーが効いてきたからだろうか。コンビニ袋を飛び越えてスマホを掴む。

「いえ、そういう話は聞きませんねぇ。箱に入れて置くのでも、そのまま敷地の土に埋めるのでも良いはずです」

「じゃあさ」

私はスマホを玄関先に向ける。積まれた段ボールを写真に収めようとする。こんな時にも乱雑に靴が散らばった方は隠すように。

「こういう段ボールで来ることもあるってこと？」

撮ったばかりの写真をＬＩＮＥで羽野に送る。それを確かめているのか、向こうからは「んー」と唸り声が聞こえる。

「あ、それヤバいヤツだと思います」

「簡単に言わないで！」

「あははー、もっと近づいて撮ってくれます？」

玄関の電気をつけて段ボールに近づく。底が濡れて色が変わっている。雑に詰められているのか、箱の形も歪んでる。

「開けてみてください」

「ねぇ、本当に大丈夫？」

「むしろ開けないと危険かもしれないんで」

ぐぅ、と喉から呻きが漏れる。スマホを手近なシンクの横に置いて、部屋に戻ってカッターを取りに行く。今まで通販で買ったものは何度も開けてきたが、こんな風な状況で使うとは思わなかった。

「中身が腐ってると呪われちゃうんで、早い方が良いと思いますよ」

「聞いてて思ったけど、最初から腐ってるヤツを送るのと何が違うのよ」

「うーん。呪いって、かける側にもリスクがある方が強力なんですよね。だから飽くまで、相手が気づかないうちに腐るっていう手順が必要なんです。悪いのは呪った方じゃなくて、それに気づけなかった方だ、ってことで」

それは随分な責任転嫁だ。ただでさえ呪いなんていうものは、直接手を汚したくない人間がやるものだというのに。

「リオン様……」

段ボールを目の前にして思わず呟いてしまった。怖くて堪らない。あの箱の中に何が入っているんだ。ただの送り間違えであって欲しい。いや、別の方向で考えよう。これが呪いの荷物なら、今度こそリオン様に話せるネタができる。そうだ、それが良い。私はリオン様にネタを提供するために、こんなことをするんだ。

段ボールにカッターの刃を突き立てる。中心のガムテープを裂いて、左右を塞ぐ方も切っていく。そうして封じるものがなくなった段ボールの天井を開く。

うっ、と呻く。でも、中身は想像していたものよりずっとマシだった。

「何かありました？」

「別に、アンタの言う通りだった」

箱の中身は新聞紙に包まれた野菜だった。

ただ新鮮なものとは言えないし、とても売り物には見えない。三角コーナーに捨てるような野菜クズが、沢山。震える指でそれらを掻き分けてみる。

あ、と声が出た。

野菜の奥にあるものを見て尻もちをついてしまう。

「何か、何かいる」

「え、なんですか？　写真撮れます？」

「やだ、無理」

「あ、じゃあビデオ通話にしましょう。スマホを向けてくださいな」

そう言って一方的に通話が終わる。こんな時に一人にしないで欲しい。なんでもいいから早くかけてこい。

立ち上がることもできない。這ったままシンク横に手を伸ばしてスマホを取り戻す。ビデオ通話が来たから素早くタップする。

「あ、古河ちゃーん」

スマホの画面いっぱいに羽野アキラの顔が映る。背景はどこかの繁華街だ。顔も心なしか赤いし、こんな時間までほっつき歩いて飲み食いしていたらしい。

「古河ちゃん、可愛いパジャマ着てますねー」

「うるさい、馬鹿！　早く見て！」

　スマホを段ボールの方にかざす。内カメを向けているだけだから、どこまで羽野に見えているかはわからない。

「なんです、どこにいるんです？」

「あの葉っぱのとこ。ねぇ、あれって、アンタの言ってたキンサンじゃないの？」

　薄目で段ボールを見る。飛び出した野菜クズの上部を小さな物体がのたくっている。ウネウネと、隠れるように。

「あー。それモンシロチョウの幼虫だと思います」

「ええ？」

「あはは。古河ちゃん、やっぱり虫苦手じゃないですか。あと金蚕は目に見えないんで安心してください」

　思わず舌打ちが出た。ふざけんな。こんな状況なら誰だって怯(おび)えるし、虫が贈り物に入ってるとか言ったのは羽野だ。

「とにかく、これって本当にそういう、ことなの？」

「呪いかどうか、ってことですよね。多分そうだと思います」

自分のところに呪われる荷物が届くなんて、未だに信じられない気持ちだけれど、きっとこれも運命なんだろう。リオン様が話していた直後に来るということは、もしかしたら私とリオン様の間に特別な何かがあるのかもしれない。

と、興奮する自分もいるけど、それとは逆に冷静な自分もいる。どこの誰かも知らないけど、こんな面倒事を押し付けてくんな。嫌がらせに決まってる。なんで私に。

「ねぇ、じゃあどうすればいいの？」

「オカルト的な方ですか？」

「なんでもいいから、なんか考えてよ」

「そうですねぇ。呪い的には腐る前に見つけられたので、もう普通の贈り物と同じ状態だと思います。なので、あの野菜をありがたく食べるでも――」

「絶対にイヤ」

「じゃあ、形式上はもらった、ってことにして捨てちゃいましょう」

そんな簡単なことで良いのか。なんだか拍子抜けしてしまう。呪いといっても、これじゃ本当に送りつけ詐欺と大差ない。

そうだ、何が呪いだ。ふざけんな。

「あ、古河ちゃん、あっちの小さい方はなんです？」

「うん？　ああ、あれはさっき届いてたヤツ。あれも呪いかな」

「あー、うん、いやぁ」

スマホ越しの羽野の声が歯切れ悪くなる。さすがに距離があって良く見えないのか。あれも開けて確認してもらおうか。

そう思い、再びスマホを床に置いて、逆にカッターを持ち直す。小さな箱を片手で持ち上げてガムテープの封を切っていく。

「古河ちゃん、そっちも多分、同じものだと思うんですけど」

「野菜じゃないと思うよ。軽いし」

気が大きくなっているのかもしれない。呪いの荷物なんてくだらない。でも、それをネタにすればリオン様から認知をもらえるかもしれない。誰かのイタズラでも結構だ。ネタ提供ありがとうございます。せっかくなら動画でも撮っておけばよかったな。

中途半端に切ったガムテープを手でちぎって、小さな箱を解体していく。中には緩衝材として薄汚れた綿が詰められている。ただ、いくら掻き分けても綿の内側にそれらしいものはない。

「これ何も入ってないよ」

スマホの向こうから返事はなかった。

「ねぇ、聞いてる?」

振り返ってスマホを確認しようと思った。その拍子に、手を突っ込んでいた箱から綿がこぼれていく。

それと同時に何かが飛び出した。

かつ、と床を鳴らしてそれが落ちる。視線を向ければ、それは光を反射する小さなもので、最初は何かの部品か、ギターのピックだと思った。

「なにこれ」

しゃがみながら、それに手を伸ばす。すると、自分の体の一部とそれが良く似ているのに気づいた。

それは切ったものではなく、まるごと剝がしたような。凝固した血が土みたいに内側に張り付いて、茶色く変色していて。

人間の爪だった。

4

鏡に映る自分の顔を見る。

メイクも乗ってないし、目元に疲れが見えて、ひどい限り。これでマスクもなかったら、人前に出ることもできなかった。

だって昨日の今日で眠れる訳もない。床に転がった爪を拾うことも、詳しく見ることもできなかった。最初から無かったと思い込んで、ベッドの中で一晩中、リオン様の配信のアーカイブを見ていた。

それから朝になって、ドアを開けたままシャワーを浴びて、何も見ないように着替えて早々に大学に来た。あんなに面倒に思っていたのに、自宅から離れると安心できた。とはいえ、こうして一人で女子トイレに来ると嫌でも自分の状況と向き合うことになる。

何も無かった。箱の中身は空だった。全部は見間違い。

そう自分に言い聞かせていると、鏡の向こうに何かの尻尾が見えた。いや、黒髪のポニーテールだ。ムカつくことに香水の匂いだって感じ取れる。

「古河ちゃーん」

羽野アキラが、鏡の世界で私の横に並んでくる。

「心配したんですよ。昨日、急に通話も切っちゃうし。なんか爪があったとか叫んでたし」

「言わないで。何もなかったから」

「ありましたよぉ」

つい舌打ちが漏れてしまう。それから横に向き直って、ヘラヘラと笑う羽野の肩を強く摑む。

「なんなの。アレが呪い？　ただの嫌がらせでしょ」

「でも、古河ちゃんは身に覚えとかないですよね」

そこで羽野が自身の唇に指を添えた。大声を出さないで、とでも言いたげだが、その態度すらムカついてくる。

「身に覚えがなくていいんですよ。だって、あの呪われる荷物を受け取ったのって、古河ちゃんだけじゃないみたいなんで」

「当たり前……」

「は?」

「詳しく話しましょうか」

私は、この女のことが嫌いだ。話しているだけで、こちらのペースが乱されるから。

午後の講義をサボって、二人で隣駅まで繰り出した。

一緒にカフェなんてゴメンだったけど、大学の構内で話している姿を見られるのもゴメンだ。妥協とお腹の空き具合でベトナム料理屋を選んで入る。

「ここまで来てなんだけど、アンタ、サボっていいの? 優等生でしょ」

「大切な時にサボれるように、優等生やってるんですよ」

「ああ、そう」

切り株を加工した椅子に腰掛ける。これ見よがしなアジアンテイストの店内は薄暗くて、他の客の姿だって気にならない。学生も来るだろうけど、どちらかといえばランチより夕飯メインだろう。

「食べたいものある？　少しなら、おごってあげる」

「いいんですか？　私、食うに困っている貧乏学生なので、素直に食べちゃいますよ？」

「いい。代わりに、それで貸し借りなしだから」

これでも感謝はしている。昨日も私が取り乱してから、ずっと通話を続けてくれて、こちらを心配してくれていた。私の方が耐えられなくて切ってしまったけど、仲良くない女相手にあれだけ心配できるのは才能だ。いや、向こうは仲が良いと思ってるのかもしれないけど。

「一応聞くけど、アンタって友達いるの？」

やけにペタペタするメニューを渡しつつ尋ねる。私は私でランチメニューの一覧表を手にとって眺める。

「いますよー。まぁでも、私って基本的にいてもいなくても大丈夫なポジションの人間なんで、親友とかはいないです」

ふうん、と相槌（あいづち）を返す。ただ空気の読めない人間かと思ったけど、自分の立ち位置は理解しているみたいだった。そんな人間と対面で何かを話すことになるなんて、少し前の私なら信じなかったはずだ。

「もう注文するから、決めちゃって」

近くの店員を呼び止める。こちらがバインミーとコーヒーのセットを頼むと、羽野は焦った様子でフォーと生春巻きとチキンライス（コムガー）を頼んでいた。限度を考えろ。

「それで、本題だけど」

運ばれてきた食事に手をつけながら、少しばかり後悔した。この流れで呪いについて話すということは、絶対に気味の悪い話になる。ましてや、昨日の箱の中身のことを思えば——。

「やっぱり、食べ終わってから」

「あ、コレなんですけど」

不意に彼女のスマホが差し出された。Twitterの画面が映されていて、知り合いでもない誰かのツイートが表示されている。画像つきで、何か伸び切ったゴムのようなものが写真の中央にある。

「なにこれ」

「この人も、あの呪われる荷物が届いたっぽいです」

言葉に詰まる。いきなり本題に入られても頭が回らない。

生春巻きを貪っている羽野が、大きすぎる一口を飲み込んでから水を含む。

「多分、これって人間の皮膚です」

ぐっ、と声が出てしまう。どこに怒りを向けていいかもわからず、つい自分の太ももをつねってしまっていた。

「ふざ、けんなって……。食事中にそんな話すんな」

「じゃあ、食べちゃいますねー」

それから十分ほど、私は不機嫌なまま羽野の食べる様子を見守ることになった。こっちが食べ終わっている訳じゃない。この女のせいで喉を通らなくなっただけだ。

「ごちそうさまでした」

「で、どういうこと?」

食後のコーヒーくらいは喉を通る。何度目かのおかわりで、ようやく思考力も回復してきた気がする。

「それがですね、昨日、古河ちゃんがあんなことになったじゃないですか。それで、電話が終わった後にネットとかで情報を探したんです。同じような荷物が届いてる人がいないかな、って」

簡単に言うが、彼女との通話を切ったのは深夜一時頃だ。それから探すにしたら、少なくとも朝までかかっただろう。

「もしかして徹夜した?」

「あはは、そうですね。多分、古河ちゃんと同じです」

そこで彼女からスマホを奪い取って、奇妙な荷物が届いたというツイートを確かめる。

文章は短く「変なの入ってたんだけど」とだけ。前後のツイートも確認すれば、この人物は呪われる荷物だとは思ってないらしく、ただ自分が頼んだ通販の品物が入ってなかったのだと納得していた。

「でも、なんで人間の皮膚だって」

「あ、この人以外にもあったんです。えっと、貸してください」

再び羽野がスマホを操作し、また別のツイートを表示させる。

「この人のは少しバズってますね。古河ちゃんと同じで、荷物に爪が入ってた、って。嘘か、冗談扱いされてますけど」

羽野がスマホをこちらに向け、そのままテーブルに身を乗り出して説明を続ける。

「あとは、この人。こっちは髪の毛が入ってたそうです。それから、この人は人間の歯みたいなものが入ってた、と」

表示されるツイートには一貫性はない。画像つきのものもあれば、文章だけで変な荷物が届いたことを伝えている人もいる。

「そろそろ気分が悪くなってきたんだけど」

「ですよねぇ。私もです。でも、これを調べてたら良いこともありましたよ」

「ない」

「ありますってぇ。まず古河ちゃんも含めて、送られてきた荷物に入っていたのは人間の爪と歯、皮膚、それから髪の毛です。どれも余り物っていうか、本体じゃないですよね」

だんだんと頭が痛くなってくる。爪といっても、私のところに届いたのはまるまる一枚の生爪だ。ただ、そんなことを言うと、昨夜の光景を認めてしまうことになるので黙っておく。

「これの利点って、何回かに分けて送れるってことです。指とか混入させるなら十回しか、あ、二十回しか送れませんし」

途中で足の方に気づいてカウントするな。

「つまり、この呪いをかけている人は、より多くの人に呪いを届けるつもりということです。それがわかります」

「改めて聞くけど、本当にオカルトの話でいいんだよね。悪質なイタズラってことで警察に訴えた方がいいんじゃない？」

「警察に言っても良いと思いますけど、万が一にも呪いだった時は、警察じゃ何もできませんよ？」

それもそうだ、と変な納得があった。

「わかった。ひとまず、そこまでは飲み込む。でも、私以外にも届いてるって、結局どういうこと？　呪いとか別にして、ただの嫌がらせじゃないの？」

頭のどこかでは考えていた。

全ては私への恨みによるものかもしれない、って。これまで上手く生きてきたつもりだったけど、どこかで傷つけた人がいて、その誰かが私に嫌がらせをしているんだ。そう思ったこともある。

ただ、羽野の調べた結果によると、それは違うらしい。

「私のところに荷物が届いたのは単なる偶然だったの。無差別に送られてきただけの、不幸な事故ってこと?」

「いや、それが」

ここに来て急に羽野が口ごもる。腕を組んで唇をへの字にし、誤魔化すように視線を泳がせている。

「言って」

「うーん」

「言え」

よほど言いにくいことなのか。だけど、それも今さらだ。こちらが厳しい視線を向けると、いよいよ観念したのか羽野が組んでいた腕を解いた。

「じゃあ、言いますけど。この呪われる荷物を受け取った人たちって共通点があったんですよね」

「なにそれ、大事でしょ。はっきり言って」

「いや、だから、全員が神無リオンのフォロワーなんですよ」

え、と口をついて出た言葉。

その時の私はどんな顔をしていたのか。羽野は怯えたように頭を抱えてしまった。

「古河ちゃんは当然そうですし、他の人もそうでした。ファンの度合いは違うかもしれませんけど」

「どういうこと？」

またも羽野からスマホを奪い、さっきも見たTwitterの画面へ飛ぶ。関係のあるツイートばかり見て気にしなかったが、数人の名前には見覚えがある。他にもリオン様の発言をリツイートしている人間もいるし、配信時にリスナーとして表示されていた名前もある。

「なにこれ、それじゃリオン様を推してる人が呪われてるってことでしょ。は？ どういう意味」

「二つの可能性がありますよね。一つは神無リオンを嫌いな誰かがやってるか。あ、いや、その可能性しかないか」

「もう一つ言ってよ。わかるから」

すっかり萎縮してしまった羽野が、上目遣いでこちらを見てくる。

「あとは、神無リオン本人がやってるか、です」

その後、私は一人で帰ることにした。

店を出てからも、彼女はずっと気まずそうにしていた。だけど私だって怒りっぽい訳じゃない。リオン様を犯人扱いしたことは許せないけど、彼女の立場で推理するなら、そう見えても仕方ないだろう。

羽野とは駅で別れた。彼女は大学の方へ戻っていったが、私はそのまま授業を受けるなんて無理だった。頭がいっぱいで、何から考えていいかもわからない。

リオン様は犯人じゃない。絶対に違う。

あの人は私たちファンを、ううん、私を呪ったりなんてしない。ぶっきらぼうなところはあるけど、心から優しくて信じられる人。私が課金しすぎちゃった時も、こちらの経済事情を心配して止めてくれた。ただの金儲(かねもう)けが好きな人や、心が汚れている人が、そんなこと言える?

だからこれは、きっとリオン様とそのファンを憎んだ誰かの仕業だ。そうに違いない。そう考えると辻褄(つじつま)も合う。リオン様が配信で呪われる荷物の話をしたから、それに影響を受けて始めたんだ。だから私のところに最初に来た野菜だけが別物だった。凄い、私でも推理できる。冴(さ)えてる。

帰り道はスマホでずっとリオン様の写真を見ていた。

ツイートした言葉の一つ一つだって、何度も、何度も読み返した。自宅のマンションに着いた時にも、周囲に気を払うことはなかった。手元を見ずに鍵で自動ドアを開けて、流れ作業でエレベーターに乗り込む。

だから、自室の玄関前に置かれたそれにも最初は気づかなかった。

「最悪、本当の本当に」

緊張して、口の奥につばが溢れてくる。昔からの癖だ。それを噛んで耐える。でも、代わりに目元が熱くなって涙が溢れてくる。

「なんなの、なんで」

今日もまた、私の家の前に薄汚い段ボールが置かれていた。

だから私は、それを蹴り飛ばす。

5

その次の日も、玄関前に小さな段ボールが置かれていた。

ご丁寧なことに、前日に蹴り飛ばしたはずのものも置かれていて、合計で二つの荷物が並んでいる。

「ふざけんな」

だから私は、二つとも蹴り飛ばして部屋へと入った。ひんやりとした空気が溢れる。こっちも最悪なことに、家を出る際にクーラーを消し忘れていたらしい。

「クソ、本当にクソ」

それから二日連続で、私が大学から帰るたびに荷物は増えていった。

もう見たくもなかった。だから三日目からは大学に行くことを止めた。カーテンを閉め切って、部屋に引き籠もることにした。コンビニでカップ麺を大量に買い込んだし、いざとなれば食べ物を配達してもらえば良い。去年までの生活と一緒だ。心配はない。ずっと家にいれば安心だ。

「リオン様」

私の日常が、またリオン様一色になっていく。

そもそも大学に行くこと自体が間違いだったんだ。ただ東京で一人暮らししたかっただけだし、最初から行きたくて行ったものじゃない。くだらないサークルも、つまらない授業も、何一つ関わらなくても生活できてた。

大学になんて行かなければ、あの変な女にからまれることもなかった。

「リオン様、今日は配信してくれる？」

外に出なければ、帰ってくるたびに増える荷物について考えなくて良い。マンションの管理人さんからは「荷物が溜まってる」と連絡を受けたけど、私は「送りつけ詐欺だから捨てても良い」とだけ返した。でもきっと、管理人さんは荷物を保管してるだろうな。気の良いおじいちゃんだから。

「リオン様、私、疲れちゃったよ」

電灯も点けないで、暗い部屋の中で布団をかぶってスマホを眺める。リオン様のアカウントを表示させたまま、何度も一方的に語りかける。

目を瞑ればそこに彼がいる。お願いだから、妄想くらいは自由にさせて欲しい。怯える私にリオン様が寄り添ってくれる。同じ布団に入ってくれて、こんなの見てんじゃねぇよ、って隣で囁いてくれる。横に実物がいるだろ、って。髪を撫でて、白い腕で引き寄せてくれる。

ばん、と玄関のドアに何かが当たる音がした。

「リオン様、リオン様……」

何もない。変なことは何もない。酔っぱらいがたまたま私の家のドアを殴っただけだ。飛んできた荷物が当たったなんて、絶対にありえない。

祈るようにスマホを両手で捧げ持つと、そこで画面に変化があった。

「ああ」

リオン様の新規ツイートがあった。私が不安な時に応えてくれた。

内容は配信の告知だった。そっけない文章で「今日の十時から、少し久しぶりにやります。最近の諸々についても」とあって、その下に配信サイトのリンクが貼られている。

「待ってるよ。でもリオン様の負担になるなら、いつでもいいからね」

私は口に出した言葉をそのままスマホに打ち込んで、リオン様のツイートへリプを飛ばす。反応はないけれど、きっと見てくれるはず。そう思いつつ、一足先に配信アプリを起動して待つことにした。

彼の言う「最近の諸々」っていうのは、おそらく例の届くと呪われる荷物についてだろう。

羽野アキラが調べたように、呪われる荷物がリオン様のファンばかりに送られているというのが次第に気づかれ始めた。どこかの誰かが「奇妙な荷物」という題でネタをまとめて、そこから噂が広まっている。とはいえ狭い界隈での話だから、ネット上では簡単に流れていってしまう。

ただ、リオン様のファンにとっては今も大事な話題だ。ネットのどこかでは今も犯人探しが行われているだろう。アンチの仕業だと決めつけて憤慨する人もいれば、逆に状況を受け入れて「呪いの荷物開けてみた」なんて面白おかしく騒いでる人もいる。

「どいつもこいつも、リオン様に迷惑かけんなよ」

私はといえば、騒ぐ気も起きないほど疲れてしまっていた。むしろ、この状況が拡散されるほど、リオン様の世間的な評価が下がってしまう気がする。人目につくのは悪くないけれど、こんなくだらない内容で注目されるのはイヤだ。

「リオン様、お願い。気に病まないで」

それから一時間くらいが経った。

ずっとスマホを握りしめて待っていると、アプリに通知が来て、リオン様の配信が始まったことが告げられる。もちろん一秒以内にタップしてリンク先へ飛ぶ。

『ああ、えっと。いらっしゃい』

画面の中にリオン様がいる。今日まで四日間も配信がなかった。たまにそれくらい空く時もあったけど、今回ほど待ちわびたものはない。動いて喋ってくれるだけで、こんなにも安心できる。

『やっぱ、いつもより人、多いわ。はは、やべぇ』

今日のリオン様は薄い色のサングラスをかけている。もしかしたら泣いていたのかな、なんて想像してしまう。

『で、えーと、どこから話そうかな。いきなり本題ってか、あ、ひろみょんさんありがとうね』

コメント欄ではリオン様を心配する声と、騒動を聞きつけてやってきた野次馬の声があった。ファンの人たちは次々に課金して、リオン様を慰めようとしている。もちろん私もその一人だ。

『いや、コメント早いな。この後、ちょっと話すからさ、全部拾えないけど、先にお礼言っとくわ。ありがとう』

「ううん、気にしないで。当然だよ」

画面の向こうでリオン様が困ったような笑みを浮かべる。

『そんで、どこから話そうかな。まずさ、これ見てくれてる人でさ、変な荷物とか、届いてる人いるでしょ』

開幕の挨拶を終えたリオン様が、いきなり呪いの荷物についての話を始めた。コメントが早くなる。彼は丁寧に事の次第を語っている。自分が変なオカルトの話題をしたせいで、それに似た状況が起こっている、って。ずっと笑っていたけど、心なしか辛(つら)そうに見える。

『まぁ、多分だけど俺のアンチの仕業だと思うの。で、じゃあ、なんで届くのか、って。ほら、春頃にニュースでやってたじゃん、通販サイトで個人情報が大量に流出したとか』

あ、と声を出してしまった。

『そういう情報ってダークウェブみたいなとこに流れるんでしょ。それを拾った人間が俺のアンチでさ、細かい情報から色んなSNSを辿って俺のファンを特定していったと思うの。だから、皆のところに変な荷物が来たってこと』

リオン様が言っていたニュースは覚えている。春先に女性向けブランドの通販サイトが不正アクセスを受けて、顧客情報が大量に流出とかいうやつ。そして、私もそのサイトを使っていた。

『詳しいね、って、おい、はは、変なコメントすんなって。お前らのために調べてやったんだからな？』

つい泣きそうになってしまう。リオン様は優しい。変な荷物に不安になっている私のために、この数日間ずっと調べてくれていたに違いない。

感動しているうちにコメント欄が流れていく。熱心なファンが次々と課金して画面を彩っていく。やさしい、ありがとう、大好き。私が誰よりも先に言いたかった言葉が並んでいる。

「ダメ、待って。私も、私の気持ちも聞いて」

普通のコメントではダメだ。私も課金をしなくちゃ、って。

震える手でスマホ画面をタップする。課金アイテムの購入。決済はもちろんクレジットカード。父親が私用に与えてくれたもの。

でも、画面には無情にも「ご利用できません」の文字。

「は、ふざけんなよ！」

ついスマホを投げてしまいそうになったけど、リオン様の声を聞いて踏み止まる。代わりに立ち上がってベッドの柔らかいところを蹴った。

「もっと入れとけって！　なんのための仕送りだよ！」

とにかく、私も課金してコメントを送らなければ。クレカは一枚だけだから、もう使えない。キャリア決済は親から止められてる。あるのは財布に入った現金だけ。

「リオン様……、待っててリオン様」

配信は未だに続いてるけど、話題はだんだんと普通のものに変わりつつある。このままじゃリオン様を慰められない。私が誰よりも優しい言葉をかけてあげないといけないのに。

音を流したまま、床に落ちてる春物のコートを拾って袖を通す。下を着替える暇もないし、顔もマスクで隠すしかない。財布の中身を確認して、リオン様の声を聞けるようにイヤホンを耳に。

とにかく走った。一歩も外に出ないと誓ったのに、リオン様のためなら簡単に破ってしまった。玄関先に何かあったかもしれないけど、そんなの気にならなかった。リオン様の声を聞きながらマンションを降りて、急いで近くのコンビニまで走った。

「リオン様、ほら、見て！」

コンビニでネット決済用のプリペイドカードを購入した。一気に五万円分。それらのコードを帰り道で入力していく。周囲なんて見てられない。

「私、私の声を聞いて」

十分もかからずに自宅に戻ってこれた。エレベーターに乗って、玄関前まで。良かった、荷物なんてない。だから、ドアを開けて悠々と踏み込む。靴も簡単に脱げた。今日は良く眠れるかもしれない。

部屋が明るかった。電灯を点けた覚えはない。

『でもさぁ、俺って今回の件、マジでヤバいと思ったのよ』

浮かされるように室内に入っていく。すると部屋の中央に見覚えのないものがあった。

『たしかにオカルト系の話とかするよ？　でも俺ってビビリだからさ』

テーブルの上に、大きな段ボールが置かれている。

ベコベコに潰れて歪んだ箱。何重にもガムテープが巻かれていて、雑な文字で書かれた送り状が貼られている。底の方は濡れていて、今だって中身が漏れているのか、そのシミは次第に広がっていく。

「なんで」

思わず膝をついて、スマホを床に落としてしまった。

『呪いとかさ、本当にあるのかわかんないじゃん』

以前に届いた野菜クズ入りの段ボールは処理したはずだ。でも、今回は同じ大きさで、別のものがここにある。家の中にまで届けられたら、どこにも逃げ場はない。

「リオン様」

こんなに大きな段ボールに何が入っているんだろう。

「お願い、リオン様。助けて」

もうスマホの画面を見れない。今も誰かのコメントをリオン様が読み上げている。恋人みたいな距離感で、優しく語りかけている。

「なんで、なんで私がこんな目に遭うの」

段ボールが動いた気がした。でも見間違いかもしれない。そうであって欲しい。

『あー、それでさ』

助けて、リオン様。私のコメントを読んで。私を見て。

あの荷物からは逃げられない。私はずっと呪われたままなのかな。

『どうしても呪い、みたいなので不安だったらさ、まぁ、紹介しておくけどさ。俺、本当はこれ紹介すんのイヤなの。そこんとこ覚えておいてよ』

お願いします。お願いします。リオン様、私を好きでいてください。それだけで生きられるし、死んでもいい。

『えーと、ネットでさ〝助葬師〟って調べてみて』

6

救われた、と思った。

リオン様が配信で口にした〝助葬師〟の名前。それこそ羽野も同じ名前を言っていたことを思い出して、すぐさまネットで検索をかけた。オカルト好きの間では少しだけ有名な人物らしく、あらゆる霊障やら呪いやらに的確なアドバイスをくれるのだという。

私は、藁にもすがる思いでTwitter上にある『助葬師連絡用アカウント』なるものにDMを飛ばした。その時はもう自宅にいたくなかったから、十一時過ぎだというのに街を放浪していた。そして三軒目のコンビニに入った辺りで、

『お困りなら、力になります』

という返事を受け取った。

だから私はこれまでの経緯を話して、すぐに助けて欲しいと伝えた。怪しいなんて思わなかった。リオン様が言っていた相手なら間違いはないと確信していた。ただ——。

『では、今から武蔵藤沢(むさしふじさわ)駅に来てください』

その提案には少しだけ迷ってしまった。何故、そんな場所へ行かないといけないのか。でも何よりタイミングが合ってしまった。ちょうど駅の近くにいたし、すぐに電車に乗り込めば終電で着けると時刻表アプリが教えてくれた。

だから私は、これが運命なんだと思ってた。

どこかに意地の悪い神様がいて、私を試しているんだ。今までの怖いことも全部、私がどれだけリオン様を信じられるのかのテストだった。そうに違いない、って。

でも、違う。そんな訳がない。

「なんで——」

武蔵藤沢駅の外で私を待っていた人物は、こんなところで出会うはずのないヤツだった。

「――アンタがいるのよ」

羽野アキラが、いつものヘラヘラとした笑顔を浮かべていた。

「あはは、来てくれて良かったです。ずっとＤＭくれるの待ってたんですよぉ」

とても、とてもイヤな予感がした。

街灯の下にポツンと立っている羽野の姿は異様だった。いつもの黒髪を市松人形みたいに下ろしていて、それだけならまだしも、服も巫女装束のような白い着物に半透明の上着、紫色の袴をまとっている。

「羽野アキラ、アンタって、まさか」

「はいー、古河ちゃんを助けに来ました」

そう言って、羽野は巫女服の懐からスマホを取り出し、こちらへかざしてくる。そこには『助葬師連絡用アカウント』で私とやり取りしたＤＭの画面があった。

「帰る」

「帰れませんよー。終電は出ちゃいましたし」

「タクシー」

「でも良いですけど、一時間くらい待っててくれませんか？　現地に行かなくても大丈夫ですけど、古河ちゃんが近くにいないと呪いが解けないかもしれないんで」

羽野に背を向けようとしたが、そんなことを言うものだから、つい足を止めてしまった。

「呪いを解くとか、本気なの？」

「はい。私、古河ちゃんが困ってるなら、本当に力になりたいんで」

頭では理解している。羽野は本当に〝助葬師〟で、それはリオン様が名前を挙げる人物なのだ。だから〝助葬師〟を信じれば良い。でも、それが羽野でなかったら、もっと素直に信じられたはず。

「じゃ、行ってきまーす」

などと考えているうちに、羽野はそそくさと暗い道を歩き出した。

「ねぇ、ちょっと！」

こっちの気持ちなんて考えずに行動する羽野がムカつく。こっちが呪われる荷物で困っていた時も、ずっと何も言わなかった。親身になってくれてたのは確かだけど。

「本当に、本当にアンタが〝助葬師〟なの？」

「いやぁ。あはは」

私は仕方なく羽野の横に並んでついていく。聞きたいことだけ聞いたら、本当に帰ってやる。

「私のお祖母ちゃんって、霊能者だったんです。色んな人を助けてて、それでいいなぁ、って思って」

予想外に羽野は歩くのが早い。背が高いし、足も長いのだろう。私はそれに追いすがる。

「じゃあさ、なんで私をこんなところに呼んだの？」

「助けて欲しい、って連絡があったので。近くに来ないと呪いが解けないかもしれないんで」

「待ってよ、呪われる荷物が届いたのって私以外にもいたでしょ」

「そうですねぇ。神無リオンの配信があった直後に、一気に五人くらいからＤＭが飛んできましたよ。でも、一度に助けるのは無理かもしれないって思いました」

規則的な街灯の光が隣にいる女の顔を照らしている。

「だから、自分勝手に優先順位をつけました。古河ちゃんは私の友達なので、一番です」

先を行く羽野がわずかに振り返る。朗らかな笑顔が光の下にあったけど、次の一歩でそれが暗闇の中に溶けていく。

「そんなの」

本当にムカつく。言いようのない悔しさが湧く。お前なんかが私を見るな。大事になんてするな。

街灯が途切れて、羽野の姿が闇の中へ消えていきそうになる。私はその背を追った。

「ねぇ、こんなところに呼んだ理由、聞いてないいんだけど？」

「なにそれ」

羽野はずんずんと先へ進んで、街灯も途切れがちな住宅街へと入った。深夜だから声は潜めておく。

「ああ、呪いの出どころだからですよ。調べました」

「は、なにそれ？」

「だから、呪われる荷物って、この辺から送られたんです。宅配業者にも問い合わせて確認しました」

「ちょっと、じゃあ、この辺に犯人がいるってこと？」

「どうなんでしょう。犯人って言い方が正しいのかわかりません。私が聞いたのは、ある家から大量の集荷依頼があったってことです。家主の方が外に出られないとかで、庭先にシートにくるまれて荷物が積まれていたそうで」

それは難しいことではないだろう。対面せずに集荷を頼むのは正しい使い方ではないが、去年からの流行病で、なるべく他人と接したくないという人も増えた。

「近所の人の話だと、送り元の家は男性が一人で暮らしてたそうなんです。でも、その人も一ヶ月くらい姿が見えないそうで」

隣を歩く羽野が口を開けて笑った。

「じゃあ、その人が呪いを？」

「違います。元々は、その人と、そのお子さんが二人で暮らしていたそうなんです」

周囲には灰色の影になった住宅が並んでいる。人の姿はなく、二人きりで歩いていると悪夢に迷い込んだようだった。

「この呪いをバラまいたのは、その子供の方です」

不意に彼女はこちらを向いて、薄暗闇の中で呟いた。

「子供、って……」

私の言葉に応えることなく、そこで羽野は足を止めた。左右に建物のない一軒家の前だった。

「それで、集荷依頼があった家がここです」

「ここ、って。なんか臭いけど」

漠然とだけど、私にもそれが悪いもののように思えた。

くすんだ灰色の建物は、昔こそ立派なマイホームと紹介されるような作りをしていた。でも両隣のスペースは雑草の生えた空き地で、ロープが張られて「売地」と書かれた看板が吊り下がっている。この空間だけが周囲から孤立しているようだった。

「こちらのお宅、周囲で有名なゴミ屋敷らしいです」

そう平然と言ってのけて、羽野は玄関先へと踏み込む。大きな扉、磨りガラスの向こうは暗いまま。

「ドア、開いてました。あはは、良かった。窓ガラス割って侵入しなくて済みます」

物騒なことを言ってから、羽野は扉を引いて家の中へと進んでいく。中に籠もっていたイヤな空気が溢れ出てくる。

「では、お邪魔しまーす」

「ねぇ、ちょっと！」

羽野は遠慮なしに他人の家へ入っていく。私は先へ行きたくなかったけど、彼女の背が見えなくなるのが怖くなってしまった。

「古河ちゃんは、外で待っててくれて大丈夫ですよ？」

「違う。ちゃんと最後まで話して。子供が呪いを送ってる、って」

家の中は静まり返っている。何気なく羽野を追って入ってしまったが、まだ人が住んでいるのだろうか。玄関にはゴミ袋が積まれている。私の家よりずっと酷い。

「そうですね。この家、父親と二人で住んでたらしいんですけど、数年前から、お子さんの方は姿を見なくなったそうで。家を出たんだろう、って近所の人は言ってましたけど」

羽野は話しながらも先へ進み、私もその後を追う。

玄関から続く廊下にあがる。中は完全な暗闇らしく、先行する羽野がスマホのライトで周囲を照らしていた。靴を脱ごうかと思ったけど、そんな気も失せるほどに荒れ果てていた。砂埃が積もっている一方で、ゴミ袋から漏れた謎の液体が床を濡らしている。

「ってか臭い……。アンタ、よく息できるね」

「いやぁ、耐えてるだけです。吐きそうです。マスクしてくれれば良かったなぁ」

羽野が大股でゴミ袋を越える。私もそれにならって踏み込んだところで、ゴミ袋から大量の虫が這い出してきた。

「ぎゃ！」

「それで、もしかしたら、これは呪いじゃなくてＳＯＳなのかもしれません」

「ど、どういう、こと？」

思わず後ろから羽野の背にすがってしまったけど、コイツは全く動じずに異様な話を始めた。

「あ、話が飛びますけど、呪術の基本に感染呪術って概念があるんです。どれだけ離れていても、所有してたものは持ち主と同じ効果を持つっていう考えです。たとえば、爪や髪の毛、歯なんてなんてものは、どれだけ遠くにあっても元の持ち主に影響を与えるものです。藁(わら)人形に髪の毛を入れるのもそうですね」

小さな光の円が空間を切り取っている。それらが廊下のゴミを照らすたびに無数の影が散っていく。耳障りな音。ただの虫やネズミだって頭で理解できても、こちらの心拍数は上がっていく。

「だから、これは複合呪術なんです。三隣亡(サンリンボー)の呪いは贈ったものが相手の知らないところで腐ると呪われます。そこに感染呪術として、爪や髪の毛を送ると、呪いが逆の方向になるんです」

　息が浅くなっていく。マスクで苦しいけど、これを取ったらもっと苦しくなる。早く会話を終わらせて逃げたかった。

「つまり、持ち主からの、影響を受ける？」

「はい。爪や髪の毛は本人の付属品です。もし、その本人が誰にも知られずに亡くなって、それで腐ってしまったら、三隣亡の呪いと意味的には全く同じになります」

　思わず息を呑んだ。体が硬直する。

「だから、意味さえわかれば呪いは解けます。三隣亡の解き方と同じです。爪や髪の毛の持ち主が腐る前に見つけてあげればいいんです」

「それって、もう死んでるってこと？」

「まだわかりませんけどね。でも私は想像しちゃいました。虐待とか、ネグレクトとか、そういう悲しいことがあって、この家の中で、誰にも知られずに亡くなった子供がいたんだと思います。彼は自分の死体を見つけて欲しくて、体の一部を剝がして、小さな箱に入れて各地へ送ったんです」

　馬鹿げた妄想だ。それでは幽霊がいて、しかも集荷依頼までしたことになってしまう。

　でも、私も想像してしまった。あの暗闇の向こうで一人きり、誰かに見つけてもらいたくて自分を必死にアピールする子供の姿。自分の声を聞いてもらいたくて、無茶な手段に出る。本当に子供みたいな考えで。

そんな必死な姿が、少し前までの自分と重なってしまう。

「助けて、あげられるの？」

「助けますよ。〝助葬師〟の助葬っていうのは、孤独死した人とか、身元不明の遺体を弔ってあげることです。誰にも見つけてもらえない霊を送ってあげるのが、私の仕事です」

そこで羽野は振り返って、私を安心させるように大口を開けて笑ってくれた。ただ、その直後に嘔吐いてたけど。

「うー、臭いが酷い。この先は、リビングみたいですけど」

羽野が一瞬だけ光の円を横へ向けた。開け放たれたドアの先にソファらしきものの影が見えた。ただ、それも大量のゴミに埋もれて判別はできなかった。

「こっちは、正解だけど、正解じゃないみたいです」

意味不明なことを言った後、羽野は目を細めて私を見据えた。冷たい視線を受けて体が強張る。

「さ、これで話は終わりです。あとは私がやりますので、古河ちゃんは外で待っててください」

薄く笑ったあと、羽野は廊下の先へ進んでいく。もう突き当りらしく、横には二階へ続く階段があった。その一段ずつにも、まるで調度品のようにゴミが積まれている。

羽野が階段を上っていく。二階までが吹き抜けになっているらしく、高い天井にシーリングファンがあった。一歩ずつ上る羽野の姿を目で追っていく。まだ大丈夫、二階の手すりに手をかける彼女の姿を見上げて安心する。

「ねぇ、大丈夫なの？」

思わず声をかけてしまった。本当は今すぐにでも外へ出たい。でも、どうしても羽野を置いていけなかった。

「大丈夫です」

そんなこと言わないで。

だって、羽野はリビングを見てからずっと震えてた。

羽野の姿が死角に入って見えなくなる。二階の部屋に近づいたのだろう。床の軋(きし)みと、ゴミ袋を足で踏む雑音、壁を這う虫。自分の呼吸の音さえ耳障りだった。

遠くで扉が開く音がした。その奥に何があったんだろう。

「あ」

そう聞こえた直後、私の視界に白いものが現れた。

クリオネみたいに白い袖を振って、羽野が空を飛んでいた。

手すりを飛び越えて、シーリングファンに頭をぶつけて、巫女装束をヒラヒラと揺らして、羽野アキラが吹き抜けを落下してくる。

ぐしゃ、ってイヤな音がして。

「羽野！」

私の目の前で、羽野が頭から血を流して倒れていた。

「古河ちゃん、逃げた方がいいかもです」

彼女の腕が変な方向に曲がっていた。血に染まったままの笑顔で、私にそんな忠告を与えてくる。

思わず私が一歩踏み込んだ瞬間、上の方で床が軋む音がした。

羽野のスマホは床に落ちていて、舞台照明のように階段の方を照らしている。だから、私の視界の隅で何か黒い影が動いたのも見えた。

「羽野、ねぇ、ふざけないで！」

私はその影を見ない。それは一歩ずつ、階段を下りてくる。

「冗談やめなさいよ！」

羽野に駆け寄って、無事な方の腕を取って体を起こす。階段を下りてきた何かはすぐ近くにいる。それは小さな人間の形をしていて、壁にぺったりと手を重ねている。

「ねぇ、起きて！　逃げるよ！」

脇から体を入れて羽野を担ぐ。引きずるようにして一歩ずつ、ゴミだらけの廊下を進んでいく。

「許さない、馬鹿、クソ、なんでアンタみたいな！」

何かが私の腰に触れる。細い手が摑んでいる。

「こっち来んな！　なんも、してやれないから！」

リオン様。助けてください。

いっそ振り返ってしまいたかった。私の後ろにいるものを確かめて、楽になってしまいたかった。

「たすけて、リオン様」

情けなく叫んでしまった。

そして、何かの手が私の頰に触れる。冷たくて乾いている。

ああ、見えてしまう。視線を動かすだけでわかる。爪が一枚もない、細くて骨ばった小さな手。

私は振り返ったのか、それとも想像だったのか。

小さな子供のミイラが立っている。

顔は三つの空洞。口の中には歯が一本もないし、二つの眼球だって消えている。頭の皮膚ごと髪の毛は剝がされていて、白い頭蓋骨が見えている。

「あっ」

私は声にならない叫びをあげていた。羽野を背負ったまま、這うように玄関を目指すことしかできない。すぐ後ろにはアレがいる。追ってきている。私はここで死ぬのかもしれない。

イヤだ。リオン様に会いたい。お願い、神様。

「リオン様ぁ」

そんな声が漏れたとき、玄関の大きな扉が開いた。夜だというのに、外はずっと明るくて。

「うるせぇな」

だから、その人影にも後光が差しているように見えた。

「一人で来てんじゃねぇよ」

センターパートの金髪に黒いシャツ。瞳は大きいけれど、その視線は何より冷酷で。それでも、時折笑顔を見せてくれる。その姿は何度も見ていたし、その声も何度も聞いていた。

これは私の幻想なのだろうか。それとも走馬灯か。

「ああ、なんで」

それでも良い。神様が私を認めてくれたんだ。私の愛は届いたんだ。もう死んでも良い。

「お前が呼んだんだろ」

神無リオン様が、白い歯を見せて笑ってくれた。

「俺が〝助葬師〟だよ」

第四章　スーサイドホーム

1

私のお祖母ちゃんは霊能者だった。

だった、って過去形なのは、私が大人になった頃に普通の人になってしまったから。肉体が老いるのは当然だけど、精神も歳を重ねることで老いてしまう。悲しいけれど仕方ない。

でも、お祖母ちゃんのことは大好きで、それが過去形になることはない。

私が生まれてすぐにお父さんは死んじゃって、お母さんも家には寄り付かなかった。お祖母ちゃんのことが嫌いなんだ、ってお母さん本人から聞いた。私はお母さんのことも尊敬してるけど、会いに来るのは月に一度くらいで、それ以外はずっと遠くで仕事をしている。

だから、私がお祖母ちゃん子になるのは当然だった。

「アキラ、今日は寒いから、シチューにしようか」

そんな風に、お祖母ちゃんは私の手を引いてくれた。一緒にスーパーに買い物に行った光景を、今でもずっと覚えてる。お祖母ちゃんが作ってくれたシチューは味が薄かったけど。

「アキラ、困ってる人がいたら助けてあげな」

そう言うお祖母ちゃんは、私が小さい頃から色んな人の相談に乗っていた。初台にある家は、別に大きいものでもなかったけど、いつも色んな人が出入りしていた。近所の人もいれば、スーツを着た大人の男の人もいた。

「ばあちゃんは、拝み屋っていう仕事してんだ」

ある日、家の大きな神棚がある部屋を覗いていた私に、お祖母ちゃんは話しかけてきてくれた。いつも、この部屋に人が集まって何か話しているのが不思議だった。

「大した仕事じゃないよ。人が不安に思うことを聞いてあげて、こうしたらいい、それなら大丈夫だ、って言ってあげて、安心させてあげるんだ」

その頃は、世間的にオカルトの話題なんてしない時代だった。陰陽師ブームも終わってたし、心霊現象も超能力者も流行ってなかった。たまにテレビでホラー系の特番がやっていて、そこにお祖母ちゃんと似たような人が出ていたくらい。

だから、たまにテレビで霊能者の人を見ると、なんだかお祖母ちゃんも有名人になったようで嬉しかった。たとえば、伝統工芸の職人の家に生まれたとして、テレビで同じ伝統工芸が特集されてたら嬉しいのと同じ。

あの頃、私はテレビを指差して無邪気に喜んでたけど、お祖母ちゃんは「ああいうのはプロ野球の人だよ」と言っていた。世間に顔を出す人と比べると、自分は草野球の監督って言いたかったらしい。

「ばあちゃんは家の仕事で拝み屋やってっけど、アキラは好きな仕事をやんなよ。ほら、料理好きだもんね。食べ物屋さんでも、なんでもさ」

お祖母ちゃんは、私にそう言ってた。

暗に拝み屋なんてやるな、霊能者になんてなるな、って言ってるように思った。その頃は小学生だったけど、私は変に勘が良かった。きっと霊能者だって言いふらすと、周囲から孤立するんだ、って思った。

その時に好んで読んでいた少女漫画でも、そういった霊が視えるとか言い出す女の子は周りから嫌われるのがお約束だった。とはいえ私は別に幽霊も視えないし、不思議な力もないから、別に周囲に言うようなこともなかった。

「私は、困ってる人を助ける仕事をするよ」

私はそんなことを言ったはず。お祖母ちゃんも喜んでくれて、私の頭を撫でてくれた。

私にとってお祖母ちゃんは大事な家族で、私のことを大切にしてくれる親以上の存在だ。珍しい仕事をしているけど、誰かに迷惑をかけてないし、むしろ人から慕われている。世間ではオカルトって言われているけど、私にとってはこれが日常だった。

※

お祖母ちゃんは、もしかしたら凄い人かもしれない。そんな風に思ったのは中学生になってからだった。

「今日はお勤めがあるから、帰りは遅くなるよ。夕飯は作り置きがあるからね」

昔から、月に一回くらい、そんなことを言って祖母が家を空けることがあった。多分それは、拝み屋としての仕事の何かなのだろうと思っていた。自然と受け止めていたから気にしなかったけど、中学一年生になった私は、その「お勤め」に同行することになった。

お祖母ちゃんが誘った訳じゃない。私が無理を言ったせいでついていくことになったんだ。

その日、私はほんの些細な理由で小学校からの友達と喧嘩してしまった。部活にも顔を出さずに、帰宅してすぐ、お祖母ちゃんに駆け寄った。沢山話を聞いてもらって、明日には笑って登校したかった。仲直りの秘訣だって教えてくれるかもしれない。そう思ってた。

「今日はお勤めだからね」

ただ、お祖母ちゃんはそう言って困った顔をした。私だって分別のつく年頃だったけど、その日に限っては、お祖母ちゃんも私を見捨てたんじゃないか、って疑心暗鬼になってしまった。

つい反抗的な態度をとって、駄々をこねた。絶対にお祖母ちゃんと一緒にいるんだ、って何度も喚いた。

「じゃあ、わかった。一緒にお勤め行くよ。向こうで泊まるからさ、そこでばあちゃんが話聞いてやるよ」

ずっと口を曲げていた私に、お祖母ちゃんがそんな提案をしてきた。私は「お勤め」が何かはわからなかったけど、それだけで機嫌が良くなった。一緒に遠出できると思うと、変にワクワクした。

「ただ、明日は早起きだかんな。学校を休んだら承知しないぞ」

そう冗談めかして笑って、お祖母ちゃんは私を連れて電車に乗り込んだ。旅行とは無縁の生活だったから、こんな風な経験も始めてだった。

ただし行き先は八王子で、東京から出たことにはならなかった。そこだけが残念だった。

「ばあちゃんは、歩くのが辛いからね」

何かを誤魔化すように言いつつ、お祖母ちゃんは駅前で誰かを待っていた。やがてロータリーに一台の車が現れて、二人でそれに乗り込んだ。運転していたのは大学生くらいの男の人だった。

「本日も宜しくお願いします」

運転手さんはお祖母ちゃんの知り合いらしかった。きっと仕事関係の人なんだろう、って思った。

「そちらは、お孫さんですか？」

「アキラだ。でも、あんまり絡むんじゃないよ。で、アキラ、この男は藤原君ってんだ。ばあちゃんの……」

「教え子、みたいなものです」

ルームミラー越しに藤原さんと目が合った。細身の優しそうな人で、目を細めて笑っていた。私は軽く頭を下げて挨拶をしたけど、その直後にお祖母ちゃんの方から学校の話が振られた。だから私は藤原さんと話すことなく、車内ではずっとお祖母ちゃんと話していた。その運転中もずっと、藤原さんは笑顔だった。

たまに車の外を見ると、だんだんと繁華街から離れていくのがわかった。住宅街も抜けて、山沿いの道へ入っていく。住宅は減っていって、代わりに道の左右に緑が増えて、小さな工場や建設会社の建物がまばらに建っていた。

「さて、到着しましたけど、俺はまた迎えの車回すんで」

そう言って、藤原さんの運転する車は再びもと来た道を戻っていく。

一方、寂れた道路で降ろされた私は、背後にある立派な松の木と大きな屋敷に目を奪われていた。もう夕方近くで、砂利がしかれた庭はオレンジ色に染まっている。お祖母ちゃんは先に歩いていて、遠慮なく玄関の引き戸を開けていた。

「ばあちゃんはすぐ道場の方に顔出すけど、アキラは入って左の部屋に行ってな。荷物置いて、適当にくつろいでていいから」

なんて言われても、お祖母ちゃんのいない空間で一人を過ごすのは辛い。通された和室には床の間があって、鴨居(かもい)の上に見たこともない人の写真が額縁入りで飾られていた。

いよいよ耐えきれなくなって、お祖母ちゃんが行った道場とやらの方へ顔を出そうと思った。でも仕事の邪魔をしちゃいけないから、離れて見ているだけにしよう。姿さえ見えれば安心できる。

そう思って私は部屋を抜け出した。ちょうど屋敷の横に、公民館のような長方形の建物がある。そこが道場だろうと思って、外から中を見ようと思った。まるで運動部の好きな先輩を探して体育館に張り付いているようだ。

少し背徳感もあったのかもしれない。

「アキラちゃん」

だから、不意に背後からかけられた声に驚いてしまった。

「藤原さん？」

「お祖母様のことが気になるんですか？」

藤原さんはニコニコと笑っている。どうやら車での送迎は終わったらしい。立っている姿は予想外に背が高かった。

「いや、別に」

「あ、そうか。アキラちゃんは先生がどんな仕事をしているか知ってるんですか？」

「拝み屋さん」

「正解。でも半分だけですね」

意味深な笑みを浮かべてから、藤原さんは平然と道場の玄関へ向かった。そこで逃げても良かったのに、私は彼がもっと説明してくれると信じてついていくことにした。

「先生には沢山のお弟子さんがいるんです。俺もその一人ですけど」

藤原さんが靴を脱ぎながら語りかけてくる。玄関は広くて、沢山の靴が下駄箱に収まっていた。私は藤原さんの真似をして靴を脱いで、スリッパを履いて中へ入っていく。

「萬千光女(よろずせんこうじょ)って言って、昔は有名な霊能者でした」

「初めて、知りました」

そして藤原さんが襖(ふすま)を開くと、中にいた人たちが一斉にこちらを向いた。何十畳もあるだろう広いスペースに、白い着物を着た大人が沢山いた。誰も彼も、藤原さんよりずっと年上に見える。

「藤原君、アキラ連れてきたのか」

「外で見ていたので」

大人たちの中心には、家の神棚よりずっと大きな祭壇があって、その手前でお祖母ちゃんが座布団に座っていた。巫女さんみたいな白い着物に、紫色の袴。それに何かの家紋みたいのが入った上着をまとっている。

道場の中は明るかったけどひんやりしてて、とても厳かな雰囲気だった。私はそれを邪魔してしまったかと思って、頭を下げることしかできなかった。

「先生のお孫さんだ」

誰かの言葉をきっかけに、白い着物の大人たちが私の方を向いて拝んできた。きっと、お祖母ちゃんの威厳によるものだろうとわかってはいたけど、不思議な気分だった。

「藤原君、後ろの方でアキラといな。今日のお勤めはこっちでやるから、アキラがなんか言ってきたら説明してやって」

お祖母ちゃんの雰囲気はいつもと違っていた。普段も厳しいところはあったけど、この時は何か、嫌いな仕事を早々に済ませたいような、漠然とした怒りが感じられた。

「アキラちゃん、後ろの方で見てましょう」

藤原さんに従い、お祖母ちゃんたちとは離れた道場の隅で待つことにした。つい正座してしまったが、隣の藤原さんは壁に背をつけて楽そうに足を崩した。

「先生はですね、霊光萬明会(れいこうばんみょうかい)っていう宗教団体のお救い様、あー、教祖です」

少し離れたところで、お祖母ちゃんたちは何か薄い本を持って読んでいた。小さくて声は聞こえないけど、お経とか、神社の祝詞(のりと)みたいなものだと思った。

「それって、新興宗教ですか？」

「ですね。でも、よくイメージされるような熱心な勧誘をするような団体じゃありません。ほら、ほとんどがお爺さん、お婆さんでしょう。皆さん、先代からの付き合いで参加してらっしゃるんです」

「藤原さんも、ですか？」

「俺は少し特殊ですけどね。最初は俺の祖母が入ってたんですけど、足が悪くなったから送り迎えとか手伝ってるうちに、こう自然と。基本は手伝いですけど、ちゃんと教えとかは勉強してます」

藤原さんが言うには、お祖母ちゃんが教祖をやっている宗教団体は戦後すぐに作られたものらしい。そんな話は全く教えてくれなかったけど、お祖母ちゃんの父親が、どこかの神社の宮司だったっていう話は聞いたことがあった。

「初代様が神様の声を聞いたとかで、その奥さん、つまり二代目様で、先生のお母様ですね、その方と一緒に始めたそうなんです。この辺では有名な人で、よく当たる占いで困ってる人を助けてたそうです。先生もお母様の教えを守って、三代目のお救い様として人々を助けているんです」

それを聞いて、ようやく私は安心できた。

今まで新興宗教は悪いものだと思っていたけど、お祖母ちゃんがやっていることは普段と変わらない。困っている人を助けるっていう、私に何度も教えてくれたことを実践しているだけ。しかも、その教えは私に受け継がれている。

「本当のことを言うと、老人同士のサークルみたいなものなんです。定期的に集まって、雑談をして、食事をして解散する。その合間にこうやって、お勤めとして初代様の書いた本を読むんです」

「なんだ。私のやってる部活と同じなんだ」

そう呟く(つぶや)と藤原さんが横でクスクスと笑ってくれた。そこから私が漫画研究会に入っている話になり、そこで仲の良い子と喧嘩してしまった話になった。お祖母ちゃんに聞いてもらうはずだったものは、この初めて会った男の人に全部話してしまった。

藤原さんは真剣に私の話に耳を傾けてくれて、嘘(うそ)みたいに気持ちが軽くなった。だから、後はほとんど雑談みたいなものだ。

「じゃあ、アキラちゃんは普通の人として生活してるんですね」

そんな中で、藤原さんがふと尋ねてきた。

「どういう意味ですか？」

「いや、悪い意味じゃないです。ただ俺だったら我慢できなかっただろうな、って。先生みたいな立派な人のそばにいたら、自分も特別な力とか持ってるかもとか、妄想しちゃいますよ」

「あはは、私、幽霊とか見たことないんで」

そこで横を見ると、藤原さんは奇妙な顔をしていた。口元は笑っているけど、大きな目で私を見据えている。まるでフクロウに見つめられているみたいで、なんだかイヤな気持ちになった。体が動かなくなっていく。

「藤原君、アレ持ってきて！」

遠くからお祖母ちゃんの声が聞こえた。そこで藤原さんは再び目を細めて「はい」と明るく返事をした。立ち上がって大人たちの方へ行く。それで私もようやく、金縛りが解けたみたいに動けるようになった。

深く息を吸った。

指の先が痺(しび)れたみたいになっていて、それを治そうと何度もさする。足の感覚がないのも、きっと正座のままでいたせいだ。そうに違いない。

私が足を崩したところで、道場の反対側から藤原さんが戻ってきた。その手には今までなかった紙束があった。

「それ、なんですか？」

「ご祈祷依頼です。今、印刷したものを先生に渡してきました」

「依頼？」

「ええ、ウチは困ってる人を助けるためにお祈りしますから。そんなに多くはないですけど、全国に知ってくれてる人はいます。そういった人たちに向けて、ネットで依頼を募集してるんです」

藤原さんは私の横に座って紙束を置く。さすがに中身は見せてくれないみたいだけど、チラと見ると一枚の紙にメール画面のコピーや、ウェブサイトの投稿フォームが並んでいた。それが十数枚の紙束になると、全部で百件くらいはあるはず。

「昔は手紙でも引き受けてたみたいですけど、さすがに時代ですからね。皆さん、インターネットとメールくらいは使えるんですけど、今風のウェブサイトとかは俺が作りました」

「藤原さんって、そういうの得意なんですか？」

「まぁ、少し」

さっき少しだけ感じたイヤな気配はもうない。そのはずだった。藤原さんは朗らかに笑ってから、自身のスマホを取り出した。

「アキラちゃん、なんかＳＮＳやってます？　フォローしてくださいよ」

「え、あー、まぁ、良いですけど」

私がもたもたと携帯を取り出そうとする。そういえば私はまだガラケーで、そういうものはやってない。

「これが自分のアカウントなんだけど」

正直に伝えようとしたところで、藤原さんがSNSの画面を見せてくる。プロフィール画面のようで、そのアイコンには、やけにカッコいいアニメ調の男性の顔が使われている。私の知らないキャラだ。それからフォロワー数とやらを見ると、ゆうに五万人を越えていたけど、そういうものかと思ってしまった。

「これ、藤原さんですか？」

「うん。実はね、歌い手やってるんだ。知ってる？」

ほ、と声が漏れてしまった。何度か頷く。中学の同級生が、そういった人たちのファンだった。私は興味なかったけれど、話を聞かされていたから馴染みはある。

でも、だ。

「神無リオン、って名前でやってるから。覚えてくれると嬉しいな」

その時の藤原さんの表情は、やっぱり少し、イヤなものに見えた。

2

私が大学に入った頃、お祖母ちゃんはケア施設に行くことになった。

体は健康だったけど、私のことを母親と間違えて呼ぶことが増えた。お祖母ちゃんとお母さんは仲が悪かったから、その時の会話は結構酷(ひど)いものだったと思う。それをお祖母ちゃんも自覚していたのか、自分で考えられる間に一人で施設へ入ることを決めてしまっていた。

私には、どうしようもできないことだった。

大好きなお祖母ちゃんが家から去っていくのを見送って、それと反対に疎遠なお母さんが家に帰ってくるのを迎えた。でも、どうしても上手くいかなくて一人暮らしをすることにした。大学だって都内だから、初台の実家から通えるのにね。

肝心の大学生活は、可もなく不可もなく、だ。

一年生の春学期までは張り切っていて、女子バスケットボール部なんかに入ってみたりもした。身長もあったし運動もできた。だけれど、他の皆が本気でやっているのを見て申し訳なくなって、結局は夏休み中に辞めてしまった。

ごめんなさい、本当の私は、根暗で陰気なオカルト女子だから。

さすがにお祖母ちゃんのことや、私の趣味のことを周囲に話すことはなかったけど、どこかで人との間に線を引いてしまっていた。立ち入らないでくれ、って感じで。あの時に、あの人に言われた「自分を特別だと思ってしまう」っていう言葉が、ずっと尾を引いている。

それで大学二年の頃、例の流行病があってリモート授業になった。私は狭いアパートの部屋に籠もって、ずっと一人で過ごしていた。お金の心配はあったけれど、一年くらいはなんとかなった。

そうして年が明けて病禍も落ち着いた頃に、近くの飲み屋さんでバイトを始めて、大学ももっと真面目にやろう、って本腰を入れた。お祖母ちゃんが言っていた、将来はなんでも好きな仕事をできる、っていう言葉を何度も噛(か)み締めた。

ただ、そんな時に不思議な出会いがあった。

「それって、神無リオンですよね?」

私が所属する近代国文学ゼミに、古河真知佳(ふるかわまちか)という女性がいる。彼女とは同じ学部だったけど、これまで話したことはなかった。私と正反対の女の子らしい可愛い子で、砂糖菓子で作られてるんじゃないかって思えるような人。

そんな彼女が隣の席で、私の知っている人の動画を見ていた。だから、つい声をかけてしまった。

「うん」

って、古河さんはイヤホンを外して、こちらに視線をくれた。でも、私はやってしまった、と内心で焦っていた。きっと、この人は神無リオンが好きな人に違いない。

そんな人に私が話しかけて良いはずがない。だって私は。

「あはは、その人、私キライです」

心に嘘を吐けなかった。誤魔化せなかった。ごめんなさい、許して。でも仕方ないよ。

本当にキライなんだから。

※

お祖母ちゃんが沢山の人に慕われる霊能者だって知った日、私はもう一つの顔も知ることになった。

あの日、八王子にある道場で泊まることになって、いわゆる信徒さんたちと豪華な夕飯を食べた。その後は屋敷の方を寝室にして、布団の中でお祖母ちゃんと色んなことを話した。新興宗教の歴史とかも聞いたけど、やっぱり「困った人を助ける」という教えが基本にあるらしく、その辺りは普段から話していたものと大差なかった。

そして深夜。いつの間にか寝ていた私は変な時間に目が覚めて、隣の布団にお祖母ちゃんの姿がないことに気づいた。お手洗いだと思って最初は気にしなかったけど、私自身がトイレ横の洗面所に行ったところで違うとわかった。

「アキラちゃん」

声に振り返ると、近くの廊下に藤原さんが立っていた。月明かりが差し込んでいて、彼の姿が薄ぼんやりと浮かび上がっている。彼もお手洗いかと思って、私が会釈しつつ身を避けると、それには小さく首を振ってきた。

「先生、いませんよね」

「あ、はい」

藤原さんもお祖母ちゃんがいないことを知っているんだ。もしかして探しているのかな、と思った。

ただ、それも違ったらしい。

「先生は今、道場にいますよ」

「そうなんですか。でも、なんでこんな時間に?」

「特別な、お勤めをしているんです」

藤原さんは「特別」のところを強調して言った。それを聞いて、言い様のない不安が湧いてきた。

「興味があるなら、一緒に見に行きましょう」

彼は大きな目でこちらを見据えてくる。それに抗(あらが)っておくべきだった。興味なんてない、と断ればよかった。

「昼間のお勤めは普通の人でもできます。でも、今のお勤めは本物の霊能者じゃないとできない。先生は偉大な人だ」

手が差し伸べられた。その光景だけを見ればロマンチックにも思える。深夜に家を抜け出して、二人で星を見に行こう、なんて誘うみたいに。

「うん」

私が一歩を踏み出したのは、彼がお祖母ちゃんのことを褒めていたからだ。自分の祖母は特別な力を持っているんだ。そう信じたくなってしまった。一緒に見に行けば、その力を確かめられる、って。

「では、ここから先は一言も喋(しゃべ)ってはいけませんよ。何を見ても」

藤原さんは唇に指を添えて、私はそれに頷く。

二人で縁側から外に出て、つっかけを履いて道場へ向かっていく。月明かりが眩(まぶ)しいくらいで、庭の砂利が真っ白に見えた。先行する藤原さんを追っていく。二人で夜の砂漠を歩くような気持ちになった。

すると、道場に近づいたところで奇妙な声が聞こえてきた。

声を潜めて、何かを歌っている。そう思った。道場の窓からは電灯の明かりではなく、炎が揺らめくような薄い光が漏れていた。

藤原さんが道場の壁にぴったりと張り付く。松と植え込みに隠れながら、身をかがめてオレンジ色の光が漏れる窓の下に辿り着く。私もそれを真似して、なるべく音を立てないように近づいた。

すると、それまで虫の声に混じっていた奇妙な歌が、はっきりと聞こえるようになった。

「とーおー、かー、みー」

お祖母ちゃんの声だった。もっと子供だった頃に披露してくれた、三味線を使う地唄に似ていた。

「きりいのおんかみに、きこしめせとかしこみかしこみもうす」

歌の間にビン、ビンと耳障りな音が入っている。その正体を知りたく思って顔を上げ、窓の下方から中を覗いた。

窓の向こうにお祖母ちゃんの姿がある。服装は夕方と同じだ。他には誰もいない。あと距離があって良く見えなかったけど、何か弓のようなものをバチで弾いていて、それが耳障りな音を発していた。

「あくいんねん、あしひ、あしつち」

お祖母ちゃんの周囲には、火のついた蠟燭が無数に立っている。それが風に揺らめいて、その度にお祖母ちゃんの影が大きくなったり、小さくなったりしている。祭壇には、さっきまで無かったお酒や食べ物が三方に載せられ供えられている。

それだけなら、何かお祈りをしているんだろう、って思えた。

でも違う。だってお祖母ちゃんは今、一心不乱に目の前に置かれてたモノに拳を振り下ろしている。

「まがれ、まがれ」

目を細めて見れば、そのモノの輪郭が次第にわかってくる。漠然と、家庭科の授業で使った布製の針刺しを思い出した。あのモノは、それと良く似ていた。

大きな頭と四方に伸びる手足。布で作られた人形に、お祖母ちゃんは何かを打ち付けている。弓がビンと鳴って、蠟燭の炎に煌(きら)めいたのは長くて太い針。それが人形の頭に突き刺さる。

「まがれ、まがれ」

人形の頭には無数の針が刺さっていた。それはとても、イヤなものに見えた。

思わず悲鳴を出しそうになったけど、そこで私の口が大きな手に覆われた。

隣にいた藤原さんが手を伸ばしていた。その時の私は泣きそうだったのだろう。彼はこちらを安心させるように微笑んでから、背後へ移動するよう手で促していた。

私はそれに頷いて、一緒にその場を離れた。道場の敷地を出て、近くの道路沿いにある自販機の前まで移動した。

「ここまで来れば、大丈夫だろう」

「あれ、は」

上手く呼吸ができずに声が詰まってしまった。私が何度か深呼吸をしている間、藤原さんは自販機で温かいミルクティーを買ってくれていた。

「先生はね、呪いをかけているんだ」

予想していた通りだけど、いざ聞くと不安なものが体の外に巻き付いてくる。身を強張(こわ)らせて、温かいペットボトルを握りしめた。

「凄いよね。昔から萬明会には独自の呪殺法があったみたいだけど、今は先生しか方法を知らないんだ」

「呪いって……、キライな人が、いるんですか？」

「違うよ。あれは呪い代行だ。誰かを呪い殺したい人や、悪い縁を切りたい人が、先生に頼んでやってもらうんだ」

それは私の初めて知るお祖母ちゃんの顔だった。呪いが効くとかどうかは関係なくて、あれだけ優しかったお祖母ちゃんが、誰かに強く殺意を向けているのが怖かった。

涙が溢(あふ)れてきた。止めようとも思わなかった。

「あれ、そんなにイヤだった？」

「イヤ、です。お祖母ちゃんは、いつも、困ってる人を助けろ、って言ってたから」

　私が言葉を絞り出すと、対する藤原さんは勝ち誇ったような笑みを浮かべていた。

「同じでしょ。たとえば、逆らえない上司がいて、殺したいほど憎んでる人がいる。たとえば、離婚なんて言葉も使えない状況で、暴力夫と別れたい人がいる」

　藤原さんは私を見下ろしている。その視線そのものに虐められているような感覚を受けた。

「そういう人たちにとって呪いは救いだよ。結果はどうあれ、恨んでる相手が呪われてると思えば安心できる」

「困ってる人を助ける……」

「そうだよ。先生は、君のお祖母様は悪いことなんてしていない。午後のお勤めも、深夜のお勤めも、誰かを助けるためのものだ」

　優しい言葉だった。藤原さんは最初に会った時と同じ、爽やかな笑みで私を見ている。

　それでも、私は何かイヤな気分になった。

「俺はね、先生から呪い方を学びたい。今日、君のことを見て確信したよ。きっと先生は、アキラちゃんを自分の弟子になんかしない。だから、あの呪術は代わりに誰かが受け継がなくちゃいけないんだ」

　雲間から月が顔を覗かせて、藤原さんの笑顔を淡く照らした。希望に満ちた表情は、まるで大好きな人へのプロポーズが成功したみたいだった。

「藤原さんは、なんで、そんなに呪い方が知りたいんですか？」

「先生と同じだよ。俺も困ってる人を救いたい。特に幽霊だとか、祟(たた)りだとか、呪いみたいなくだらないものに振り回されてる人にアドバイスしたい」

「でも、呪う、よね」

「違うよ。呪いを跳ね返すには、呪い方を知っておかなきゃいけないんだ。だから、古今東西の呪い方を勉強する」

それで、と藤原さんはスマホを取り出した。

「君にだけ教えてあげるよ」

彼はスマホを軽く操作して、その画面を私の方へ見せつける。その中では無数の書き込みがあった。

「ネットで除霊とか、呪いへの対処法をアドバイスしてる。付け焼き刃だけど、これでも評判はいいんだ」

「この名前」

「ああ、〝助葬師〟って名乗ってる」

その日は、お祖母ちゃんの二つの顔を知った日で、同時に藤原さんの二つの顔を知った日になった。

3

結局、あの日以降、私がお祖母ちゃんの「お勤め」に同行することはなかった。

だから、お祖母ちゃんと「お勤め」や宗教のことを話すこともなかった。ましてや呪い代行のことなんて聞ける訳がなかった。私にとってお祖母ちゃんは普通の人で、たまに霊能者みたいな仕事をしている人だった。それ以上の何かはない、って信じるようにした。

私が高校生になった頃、お祖母ちゃんは「お勤め」自体にも行かなくなった。それに、昔はよく居間で友達と電話していたけど、その姿を見ることも全くなくなった。

あの萬明会の人たちがどこへ行ったのか、私は知る由もなかったけど、何があったのかは漠然と想像できた。

『呪い代行、承ります』

高校二年生のある日、私はつい、お祖母ちゃんのいた萬明会のことを知りたいと思って、ネットで検索をしたことがあった。すると、そんなおどろおどろしい文字が現れた。

『崇霊会(すうれいかい)代表　藤原究陽(ふじわらきゅうよう)』

人々の依頼を受けて呪術を行うという団体だった。その代表者のプロフィールに「萬明会にて修行」という文言があった。顔写真はなかったけれど、大まかな年齢と名前から、それが藤原さんだとすぐにわかった。

その一方で「神無リオン」の方を確認すれば、崇霊会が発足した時期に配信者として活動を開始していたし、さらに同時期から「助葬師」という単語の検索数も増えていた。

きっと、あの人は全部手に入れたんだ。そう思った。

藤原究陽は、お祖母ちゃんのところ以外にも、何人かの霊能者や宗教団体のもとで修行をしていたという。私と出会った時だって、既に別の団体で活動していたらしい。手を変え品を変え、あの人は様々なところで呪術を会得していったはず。

きっと、お祖母ちゃんも藤原さんに呪いを伝えてしまった。そして萬明会も解散してしまったか、もしくは藤原さんの団体と合流したんだろう。

私が、お祖母ちゃんの後継者になっていたら、きっとこんなことは起きなかった。

「行ってきます」

私が声をかけても、お祖母ちゃんは座椅子に座ったままで返事をしてくれなかった。そういうことが増えた。

私は藤原さんのことがキライだ。

配信者として人々を楽しませている姿もあれば、裏で誰かを呪っているし、さらに呪われた人にアドバイスもしている。どれが彼の本性かはわからない。ただ言えることは、生かすも殺すも彼次第だということ。

それは、子供が生き物を弄んでいる姿に似ている。

※

私のバイト先は、上野（うえの）の飲み屋街にある個人経営の居酒屋だ。自宅から徒歩十分で行けるから大変に都合が良い。

最近は時短要請とやらで店は三時間しかやってないし、お客さんもほとんどいない。バイトの人も私以外は辞めてしまった。とはいえ店長の賄い料理は絶品で、それが惜しくて稼ぎはなくても続けている。

ただ、捨てる神あれば拾う神もいるらしく。

「アキラちゃん、オーダー取ってきて」

その日も、私が店に入るなり店長が笑顔で伝えてくる。クマみたいな姿で、ちまちまと野菜を切っていた。

「個室ね。田中（たなか）さん、来てるから」

「げっ」

「げっ、じゃないでしょお。田中さんいなかったら、アキラちゃんの給料も払えてないんだからね」

うーん、と唸りつつ携帯注文機をエプロンのポケットに突っ込む。

ウチは広い店ではないけれど、二組分だけ個室がある。田中さんは、いつも一人きりで開店直後に来て、迷わずに個室の方へ陣取る。さすがに混んでいれば断るけど、最近の状況では来てくれるだけでありがたい。それに料理の注文も沢山してくれて、店の売上に著しく貢献してくれる。素晴らしいお客様。

そう思っているのは、店長だけだけど。

「ビール」

「ないです」

個室のカーテンを開けるなり、サングラスをかけた男性が無理な注文をしてくる。こっちだって出せるものなら出したいけど、どこの店も最近はお酒を出してない。酒類提供制限というやつだ。

男性は明るい金髪を後ろで短く束ねている。服装はいつもと同じ黒いシャツ。どこかへ行った帰りなのか、横の席には大量の荷物が置かれていた。

「さっさと決めてください、藤原さん。あ、神無リオンでしたっけ」

「田中だから」

大して意味のない偽名だと思う。本人は人気配信者だから気を遣ってると言ってたけど、こんな居酒屋に彼のファンが来ることもないだろう。

「まぁ、いいや。注文はそっちに任せるわ。また店長が適当に作ったヤツあるでしょ」

私は無言のままハンディを操作しておく。この人のことは、今でも変わらずにキライだ。

「それより〝助葬師〟の方に何か連絡あった？」

それが、私の師匠だったとしても、だ。

「いい加減、マネージャーみたいな仕事させないでくださーい。自分で確認してくださいよ」

「無理でしょ。ネットにどれだけ〝助葬師〟関連の書き込みあると思ってんの。いちいち確認できねぇよ」

「いちいち返信してるの私ですけどね。じゃあ、せめて私の家に呪い関係のものを転送するの止めてください。怖くて帰りたくないんです」

「祓い方教えてるでしょ？　勉強させてあげてるんだよ」

「明日までに祓わないと死ぬ、みたいなヤツ送られてきましたけど」

私の精一杯の抗議に対し、目の前の男は馬鹿笑いをするだけだった。ハンディに打ち込む料理の数はどんどん増えていく。

「そういえば、一件だけ連絡がありましたよ」

「なんて？」

「取材依頼です。『オカしな世界』ってとこから」

「あー、オカルト系の動画チャンネルね。見たことあるわ。じゃ、行ってきて」

「は？」

思わず本気で睨んでしまったけど、向こうは向こうで本気らしく、こちらの抗議には無反応。メニュー表を楽しそうに眺めているだけだ。

「それって、私への取材になりません？」

「別に良いでしょ。〝助葬師〟は覆面霊能者なんだから、俺のパーソナリティが誤魔化せる方が楽になるし。何かあった時も呪われるのアキラちゃんの方になるし」

「私が貴方のことを呪いたい気分ですね」

「返すから大丈夫だよ」

そんな軽口を言いながら、彼は横に置いた荷物に手を伸ばして何かを漁っていた。

「そうだな。行ってくれたら、これあげるよ」

木目調のテーブルに綺麗な透明の箱が置かれる。中には淡紫色の小瓶が入っている。おそらく彼がどこかの女性に贈るつもりだった香水だろう。

「いりませんよ。藤原さんの贈り物って呪い込められてそうですし」

「既製品を疑うなよ。じゃあ、こっち」

次いで、テーブルの上に青いアヒルらしき生き物のぬいぐるみが置かれた。思い切り子供扱いされている。

「ふざけないでくださいよ」

「でも可愛いだろ」

「可愛い、ですけど。仕方ない。可愛い……。可愛いな」

溜め息を一つ。引き受けてやろう。

そう思って、青いアヒルのぬいぐるみをエプロンのポケットに突っ込む。ついでに香水の箱も入れておく。

「おい、両方……、いや、いいわ。別にいい。とにかく取材は任せるわ。俺のことさえ言わないなら、何言ってくれても良いから」

「じゃ、評判落としておきますねぇ」

パタン、とハンディを閉じる。今頃、送られた注文を受けて店長が張り切っているところだろう。じきに手伝いに駆り出されるから、私も辛くなるけれど、それで彼と余計に話さないで済むなら結構。

そうしてホールに戻ろうとすると、不意に背後から「あ」という声が上がった。

「何か、注文し忘れました？」

「いや、違う。アドバイス。ほら、アキラちゃんって幽霊も視えないし、呪いも苦手なポンコツ霊能者でしょ」

む、と口を曲げてしまった。面と向かって馬鹿にされている。

「ただ、アキラちゃんって昔から勘は良いんだ。君が漠然とイヤだって思ったものは、ほぼ間違いなく悪い因縁がついてる」

「ですね。最初から藤原さんのことイヤだな、って思ってたんで」

「だろ。だから、いいか。アキラちゃんが見て、何か漠然とイヤだと思ったものがあったら、それを思い切り叩け。それで少しマシになる」

「それが人だったら、殴るんですか？」

「ああ、何かイヤな気配を感じたら、人だろうと容赦なくやれ」

ふっ、と吹き出してしまった。殴れるものなら、とっくに彼を殴っている。

私は賢いので、そんな暴力的な手段を使うはずがない。

4

私が〝助葬師〟に弟子入りをしたのは高校三年生の時だった。

それまで藤原究陽のことは神無リオンとして行動を把握していたけど、実際に会うのは久しぶりだった。彼はお祖母ちゃんのお見舞いに来ていて、帰宅した私を見るなり、

「アキラちゃん、俺のとこで勉強しな」

と言ってきた。

イヤな冗談かと思ったけど、彼の隣にいたお祖母ちゃんも私を見て頷いていた。最初は、彼がお祖母ちゃんに何か吹き込んだのかと思った。でも、その時のお祖母ちゃんはしっかりしてて、長らく見ることのなかった優しい顔をしていた。

「アキラ、困ってる人を助けな」

その言葉は嬉しくて、でも、重くのしかかってきた。

※

『取材どうなった？』

スマホにポンと一言だけのＬＩＮＥ通知が来た。表示された名前は「山本」で、藤原さんが私と話す時に使っているアカウントだった。

『良い人でした。でも、すごくイヤな気配がしたので殴りました。でも許してくれたので良い人です』

私がベッドに寝転がりながら返信すると、間を置かずに芸人が爆笑しているスタンプが送られてきた。とても腹立たしい。

それは取材を上手く切り抜けられなかった私に対してもだ。

新宿で『オカしな』のライターだという遠山さんから取材を受けた。痩せぎすで無精髭の生えた少しワイルドな人だったけど、それは疲れから来ているものだとすぐにわかった。

ただ、本当にイヤなものは彼のカバンの中にあった。彼がそれを取り出しただけで、まるで膿が噴き出すみたいな感覚になった。それは普通の家族写真だったけど、その背景に澱んだものを感じた。

だから、つい打ってしまった。対面にいる遠山さんの首元に、まるで大きな蛇が巻き付いているように感じて、思い切り叩いてしまった。それでイヤな気配は一時的に去ったから、正解だったとは思う。

『という訳で、本当にヤバいのは写真だと思います』

私としては遠山さんを助けたいと思った。正体不明ながら、彼もきっと霊障のようなものを受けている。だから本物の〝助葬師〟なら何かできるだろうと詳細を伝えた。

『遠山稔の心霊写真だろ。見たことあるよ』

それで、返ってきたのは予想外の答えだった。

『知り合いなんですか？』

『いや、違う。ただ霊能者の間で少しだけ有名。取材の時に見せてくるお約束のブツ。俺は他の霊能者の付き人っていうていで一緒にいて、そこで見たことがある』

ふーん、と息を漏らす。寝返りをうって、ついでに足元に転がっている大きなイルカのぬいぐるみを蹴り上げる。飛んでいくそれをキャッチして枕代わりに頭の下へ。

『遠山稔の写真のネタ元は割れてる。多分、送肉粽（サンバーツァン）に出くわしたせいで祟（たた）られてるんだろ』

『なんですか、それ』

『端午の節句だ。あとは自分で調べろ。遠山に同情するならお前が自分で祓え』

「むっかつくー」

それ以上は何を聞いても既読がつかなかった。もう話すこともないだろうと私も諦め、画面を切り替えて動画アプリを開く。オススメに可愛いネコの動画があったので視聴を開始――。

『それと』

――するのと同時に通知が飛んできた。

「あ、邪魔すんなよコイツ！」

仕方なく動画を止めて返信する。「なんですか？」って。

『もし今後、変な荷物についての相談があったら、それは俺に回せ』

『なんで？』

『俺に関係があるから。配信でも言ったが、埼玉県、栃木県、群馬県辺りから来た荷物が怪しい。それは呪われる贈り物だ』

珍しい、と思った。

彼は昔こそネットで〝助葬師〟を名乗って、色んな霊障やら事故物件の話題に首を突っ込んでいた。だけど今は、その役目は私のものになっている。そんな彼が、自分から呪いについて任せろというのが意外だった。

呪われる贈り物。その言葉が妙に印象深かった。

5

古河さんは、私にとって憧れの人だ。

同級生にこんなことを言うのは気恥ずかしいけど、いつも笑顔を絶やさず、沢山の人に囲まれている姿はお姫様みたいだ。

ふわふわの茶髪もそうだし、フリルがあしらわれた服を大人っぽく着こなせるのも凄い。身につけたアクセサリーもさり気なく、ネイルもクリアベースで派手すぎない。

ただ一点、男性の趣味が私にとって最悪なだけ。

そこさえ除けば、古河さんは私が目指すべき完璧な女子大生だ。きっと家族からも愛されているはず。私とは住む世界が違うのだろう、って思っていた。

「あれ、古河ちゃん、今日は何見てるんですかぁ？」

でも、つい話しかけてしまった。ゼミの時間に、わざわざ隣の席にまで座ってしまった。だって、彼女が私も知っているオカルト系の動画を見ていたからだ。つい先日、取材を受けた『オカしな世界』の動画だった。でも、その話をすると自動的に〝助葬師〟の話になって、神無リオンの話になってしまう。絶対に知り合いだと思われたくなかった。

だから、知らんぷりをした。

「なるほど。いわゆるオカルト系ですねぇ。古河ちゃんって、そういうの好きなんですか？」

「大嫌い」

そう言う古河さんの顔は不機嫌そうだったけど、どこか照れているようにも見える。そういえば昨日、神無リオンが配信でオカルト系の話題をしていた。

「あ、届いたら呪われる荷物ってヤツですかぁ？」

案の定、古河さんも神無リオンの話を聞いていたらしく、顔を真っ赤にして私を怒ってきた。安心して欲しい。私はあの人のファンになったりしない。

きっと神無リオンが呪われる贈り物の話をしたのは、少しでも情報を集めたいからだろう。視聴者の中で心当たりがある人は、そのうち〝助葬師〟に連絡してくるかもしれない。

などと思っていると、不意に古河さんの背に影のようなものを感じた。目で見えた訳ではないけど、何か重力のようなものと、腐った野菜のような饐えた臭いを感じる。

なんだか、イヤなものだった。

私は、もっと古河さんと話さないといけないと思った。目を離しちゃいけない。このまま今日別れたら、彼女がそのイヤなものに飲み込まれてしまう。そんな予感があった。

「そうだ、呪われる荷物のネタ元、一緒に探しませんか」

だからつい、そんな言葉を投げかけてしまった。

書架の前に立ち、養蚕業についての本を数冊抜き取る。

私はどうしても古河さんを引き止めたくて、彼女が興味を持つような話を振ってしまった。

いや、心のどこかでは彼女とオカルト関連の話をしたいという欲求もあった。幽霊とか、呪いとかについて話せる友人が欲しかった。今の所、そのネタが通じる相手が心底嫌ってる藤原さんだけ、という状況を脱出したかった。

で、今は図書館で例の呪いについて調べている。突き止めるべきものは、藤原さんの言う呪われる荷物の正体だ。

ヒントはあった。彼は呪われる荷物の話の前後で「送肉粽」と「端午の節句」という単語を出し、それから埼玉県、栃木県、群馬県からの荷物とも言っていた。

これらを調べていくと、まず「送肉粽」については知ることができた。台湾の民間呪術で、首を吊って自殺した人の霊を浄化するためのものだという。そこで大事なのは鍾馗と粽の二つ。自前の知識で知っているけど、どちらも端午の節句と関わりがある。

次に埼玉、栃木、群馬の三県の共通点だけど、これはすぐに思いついた。つまり、養蚕業の盛んな地域、だ。

そして蚕に関わる呪術として、私はすぐに蠱毒のことを閃いた。特に金蚕蠱の術だろう。さらに調べれば、金蚕を作るのに最も適した日が五月五日だという話もでてきた。

もう疑いようもない。そう思って本を抱え、学習スペースで待っている古河さんのもとへ駆けつけた。

椅子に座る古河さんの後ろ姿を見つけて、そっと背後から近寄った。相変わらず不機嫌そうな顔をしていたものの、彼女は私の話を真剣に聞いてくれそうだった。

「いいよ。とにかく、なんかわかったの？」

「ふふ、色々と調べたので完全に理解しました」

そんな始まりで私が金蚕蠱の話をする。その間は、なんだか新鮮で私も浮かれてしまっていた。オカルトの話題をできて単に嬉しかった。

その話も終わろうとした時、やはり私は気づいてしまった。

古河さんの背後からとてもイヤな気配がする。彼女を後ろから抱きしめるような、どんよりとした圧迫感と饐えた臭い。不本意ではあるけど、こんな時ばかり藤原さんの言葉を思い出してしまう。

「もし、何か困ったことがあったら――」

そして私は古河さんに〝助葬師〟のことを伝えてしまった。これで彼女は神無リオンの正体を知ってしまうかもしれない。そうなれば、もう彼女は以前のように彼を見れないだろう。それに、黙ってた私のことを嫌ってしまうかも。でも仕方がない。彼女を助けたかった。

だって彼女は、何かに呪われているから。

6

バイト先に藤原さんが来たのは閉店間際だった。

今日のお客さんは二人だけで、ほぼ開店休業中なバイト先にとってはありがたい常連だ。たとえそれが、誰か人を殺してきたみたいな目つきをしてても。

「なんか進展あったか？」

一通りの注文を終えた頃、先に切り出してきたのは藤原さんだった。

「呪われる荷物の話ですか？」

「ああ」

「ないですけど。あ、でも私の友達が興味あるみたいです」

軽く情報共有をする。古河さんの名前は出さず、あと神無リオンの動画を見ていた話もせずに、オカルトに興味があって調べているとだけ。

「その人、アキラちゃんから見て、イヤな感じした？」

思い返してみれば、古河さんの背後からイヤなものを感じた。荷物が届いたとは聞いてないけど、あの様子からすると、もしかするかもしれない。

「はい。結構、イヤな感じでした」

だから私は頷いた。

するとただでさえ最悪な藤原さんの目つきが一層凶悪なものになった。

「なんだよソレ、そういう広まり方すんのか？」

前半は私への非難のようだけど、後半からは視線を別のところにやっていた。何やら自問するように唸っている。

「いいや、とりあえず、そのアキラちゃんの友達、紹介しな」

「ヤです」

「あ？」

とてもじゃないけど承知できない。

古河さんに彼を紹介するということは、彼女と神無リオンを引き合わせるということだ。一体何が起こるのか、わかったもんじゃない。古河さんが彼に心酔する姿も見たくないし、逆に夢から覚めて私が怒られるのもイヤだ。

「大切な人なので、教えません」

「何言ってんの？　あ、まさか彼氏か？」

「ご想像にお任せしまーす」

マジか、と彼から呟きがあった。そういう風に誤解してくれると助かる。そうだよ、彼女が彼氏に別の親しい男を紹介するとかありえないからさ。

「まぁ、今はまだ良いけど、本当にヤバくなったら言えよ」

「はーい」

ひとまずはこれで問題ないはず。古河さんだって、本当に呪われる荷物が届いたかはわからない。もし何かあれば〝助葬師〟の方に連絡があるだろうから、そこで彼に共有すれば良いだろう。

それに、呪いの正体だって心当たりはある。もし金蚕蠱の呪術なら、対応の仕方は学んでいる。アレは汚れた場所を嫌っているから、意図的に追い出して持ち主に返せば良いだけ。

「それにしても、今どき蠱毒なんて凄いですよね」

何気なく言ったのは、一応の師匠である藤原さんを驚かせたかったからだ。もう貴方がいなくても十分に対応できてるぞ、と示したかった。

でも、返ってきた言葉はこうだ。

「何が？」

何が、はこっちの台詞だ。何度か瞬きをして彼の表情を確かめる。

「呪われる、荷物……」

「違ぇよバカ。あれはサンリンボーの方だろ」

バカ、と言われたことは流しておいて、腕組みをしつつサンリンボーという文字列を脳内に思い浮かべる。

埼玉県、贈り物、呪い。それは三隣亡だ。

「あ！」

「どうした？」

「あー、大事な用事を思い出したのでぇ、今日はこの辺で失礼しまーす。あとは店長と宜しくやっといてください」

「は？」

そう告げて、そそくさとバイト先を立ち去ることにした。

唖然とする藤原さんを残して、店長に退勤する旨を伝えてバックヤードへ。そもそも閉店間際に来る方が悪い。もともと早めに上がる予定だっし。接客は十分やってやった。

私には、それよりも大事なことがある。

「ごめんなさい、古河ちゃん」

スマホを片手にゼミ生の連絡網をチェックし、彼女の電話番号にかける。いくら待っても出てくれないので、今度はゼミのLINEグループから「古河」の名前をタップ。とにかく早く伝えたい。友達登録もしていない。早く返事が欲しい。

「私、間違ってましたぁ！」

店から出たところで私の情けない声が響く。飲み屋街はまだ人通りもあるけど、周囲の人々は無視してくれる。東京の悪いところで、良いところ。でも恥ずかしくて顔から火が出そう。

結論から言えば、古河さんのところに呪われる荷物は届いていた。ずっと繁華街の路上で彼女と話していた。自宅に戻れば良かったけど、なんだか不安で、いつでも移動できるように駅の近くに陣取っていた。

映像付きで通話もして、彼女の家に届けられたという荷物も確認した。一つは腐りやすそうな野菜が入っていたから、これは三隣亡の荷物で間違いないはず。

問題はもう一つの方だ。

その小さな段ボールには剝がされた人間の爪が入っていたという。

泣き叫ぶ古河さんをなだめながら、その正体について考えていた。そもそも、彼女が箱をカメラに映した時からイヤな気配はあった。しかも、それは三隣亡の荷物とは別種のイヤな感じ。

大きい荷物の方は彼女の背後にあった重苦しくて生々しいものと似ていたけど、小さな段ボールの方は、なんというか乾いていて、焦げ臭いもののように思えた。

私は、そんな呪いは知らない。

「古河ちゃん、古河ちゃん。大丈夫ですかぁ？」

今は普通の通話に戻しているけど、向こうからは反応がない。時折、しゃくりあげるような声が聞こえているから肉体的には大丈夫だとは思うけど、精神的には大丈夫ではないかもしれない。

「あの、なんだったら、これから古河ちゃんの家行ききましょうか？」

そう提案してみると、ガサゴソと音がした。きっとベッドの上に落ちていたスマホを拾い上げたのだろう。

「いい。来んな」

と、一言だけ返ってきて、通話が切られてしまった。

「あはは、フラれちった」

そこで時間を確かめれば、そろそろ終電の時刻となっていた。さすがに古河さんの自宅は知らないし、無闇にタクシーを呼んで向かうなんてできない。

どうすることもできず、私は自宅へ帰ることにした。

そんな後ろ髪を引かれる帰り道、スマホを確認してみれば〝助葬師〟のアカウントにＤＭが来ていた。

『助葬師さん。最近、家に帰ると頼んでない不気味な荷物がありました。これは呪いでしょうか？』

そう切り出してきたＤＭには、次いで写真が添付されていた。

画像には開けられた小さな段ボールが写っている。そこに綿が詰め込まれていて、中には伸びたゴムのようなものが入っていた。

その画像に、私はイヤなものを感じた。古河さんの家に送られてきた荷物と同じ、焦げ臭くて乾いた何か。もしかすると同じタイミングで発送されたのかもしれない。

なんと返信するべきか悩んでいると、さらに別のところからもＤＭがあった。

『お世話になります。オカしな世界の尾崎隆介です』

それは、先日に取材を受けた遠山さんの同僚の人からのものだった。丁寧な挨拶の後に、今後の取材の進め方について相談したいとあった。私としては別に取材場所などの希望などはなかったので、その辺りは適当に任せることにした。

ただ一点、この流れで聞いてみたいことがあった。

『単刀直入ですが、送り主がわからない奇妙な荷物についての噂とか、そちらで聞いたりしてませんか？』

　夜の街を歩きながら、返信が来るのを待った。向こうで何かを入力しているようだった。

『それウチにも投稿がありました。何かあるんですか？』

　おわ、と思わず口から息が漏れる。さらに返信を続ける。

『それは、私に関係のある呪いなので。急な要件ですが、投稿を見せて頂けますか。取材とは関係なく恐縮ですが』

　あえて藤原さんと同じようなことを言ってみる。すると、今度はより早く返信があった。

『大丈夫です。これがその投稿です。一部だけ隠してスクショで転送します』

　と、小さな段ボールの画像が貼られてきた。

　送り先住所のところだけが隠されている。こちらも中身が開けられていて、灰色の綿にくるまれて黒い塊が入っている。排水溝に詰まった髪の毛に似ているが、喩（たと）えるまでもなくそれが正解だろう。

　全部、集まってきている、と思った。

　藤原さんが言っていたように、おそらくこの数日で呪われる荷物が届き始めたんだろう。まだ気づかれていないけど、そのうちに噂になるかもしれない。

　ふと、尾崎さんから送られてきた写真を見返すと、荷物が送られてきた人物のTwitterアカウントも一緒に写っていた。不思議な感覚だけど、そのアカウントには見覚えがあった。

そうだ、同じ名前を神無リオンの配信で見たことがある。

私はTwitterでユーザーを検索して、当該人物のプロフィールを確認する。いくつかの趣味に混じって「神無リオン」の文字列があった。当然、彼のこともフォロー済みだ。

不意に思い立って、ついさっき〝助葬師〟に連絡をくれた人物のTwitterも確認する。すると同じようにプロフィールに「リオっ子」の文字がある。それは神無リオンの熱狂的ファンが使う自称だったはず。

もちろん、古河さんも神無リオンのファンだ。となると、今日だけで三件も呪われる荷物が発見されて、全部が彼のファンのところへ来たということになる。

とてもイヤな感じがした。

街灯に照らされて、カーブミラーに自分の姿が映った。夜は苔色をしていて、歪んだ鏡の世界に自分がいる。遠くを見上げる私の顔は、ひどく凶悪なものに見えた。

疑うほどではないけど、気分ばかりが落ち込んでいく。

この呪いは神無リオンを、藤原さんを中心にしている。

7

私が藤原さんに弟子入りする数日前、彼と二人きりで話したことがある。

「藤原さんは、どうして人を呪うんですか？」

市ヶ谷にある釣り堀で、彼と一緒に水面に竿を向けていた。深緑色の水面に時折、鯉が跳ねて白い飛沫を作っていた。

「稼げるからだよ」

「祟霊会のサイト、見ましたよ。ぼったくりですね」

「それだけ払っても呪いたい相手がいるんだろ。人間ってヤツは」

「じゃあ、なんで〝助葬師〟も続けてるんですか？」

私の問いかけに、藤原さんは答えてはくれなかった。その代わりとして、今度は私の方へ問いかけてくる。

「アキラちゃんさ、もしこの釣り堀で先生が、お祖母さんが溺れてたらどうする？」

「助けますけど」

「じゃあ、もう一人溺れてる人がいたら。俺とか」

「藤原さんなら、見捨てますけど」

はっ、と私の横で藤原さんが笑った。その音に驚いたのか、近づいていた鯉が離れていく。

「そりゃそうだ。じゃ、溺れてるのがアキラちゃんの、そうだな結婚相手にすっか。そんなのいないとか言うなよ。仮定の話だ。二人は愛し合ってるし、先生も交際を認めてる相手だ。なら、どうする？」

ふぅん、と少しだけ悩む素振りをした。

「結婚相手を助けます」

「どうして？」

「その方が、きっとお祖母ちゃんも喜びます。結婚相手も助かって喜ぶなら、それが一番です」

私がそう言うと、隣で藤原さんは目を丸くしていた。

「驚くくらいクレバーな考えしてんな」

「そうですか？」

「ああ。きっとアキラちゃんは、他人の感情を自分の中で納得させられるんだろう。そこまで行けば、才能だよ」

ふふ、と笑ってしまった。一応は本心で言ったけど、私だって簡単に答えを出せるほど冷血人間ではない。

「藤原さん、この釣り堀で溺れたら、って言いましたよ。じゃあ私が助けなくても、別の誰かが助けてくれるはずです」

「おい、ズルいな、いや、仮定の話を間違えたな。それも込みで、アキラちゃんはクレバーだよ」

そこで会話が少しだけ止まった。

竿の先を見れば、私の方に魚が近づいてきている。もう少しで餌を咥えようとしていたから、思わず先に竿を引いてしまった。意地悪した訳じゃない。私なんかに釣られる方が辛いだろう。

「私からも質問、いいですか」

「言ってみな」

「もし、藤原さんに呪い代行を頼んだ人がいて、そのせいで呪われた人が〝助葬師〟に助けを求めてきたら、どっち優先するんです？」

「代行を頼んだ人」

「簡単に言いますねぇ。それは、どうしてですか？」

そこで藤原さんが立ち上がった。どうせ彼の方に魚は寄り付かないのだから、諦めるのが遅かったくらいだ。

「誰かを呪いたいって思ってる人間の方が、マジだからだよ」

「マジ？」

「本気ってこと。呪われてる方なんてのは、大抵はヘラヘラしてて、他人を傷つけてることに無頓着なんだから。それでいい」

首をかしげて考えてみた。ほとんどの状況は想像できたけど、たとえば美人で性格も良い人が、単なる嫉妬から呪われれるパターンだってある。それは呪われた方が悪いのか。

きっと、彼は悪いって言うのだろう。

「何考えてんのか知らないけどさ」

荷物をまとめて立ち去ろうとしている藤原さんから、私に向けて優しげな声があった。

「アキラちゃんも、そんなんだといつか呪われるぞ」

フン、と鼻で笑っておく。

どうやら彼は、私が美人で性格も良いと言いたいらしい。

※

あの日の夜から、色々なことがあった。

まず、例の呪われる荷物を受け取った人をネット上で調べた。すると〝助葬師〟と『オカしな』に来たものも含めて、四人ものところに奇妙な荷物が届いていたし、その全員が神無リオンのフォロワーだった。

翌日にその話を古河さんにしたけど、つい神無リオンが呪いを拡散している、といった感じで話してしまった。私から見た彼は呪い代行をしている悪どい人だけど、古河さんにとっては憧れの王子様なのだ。これは申し訳ない。

「それで、喧嘩別れかぁ」

と、情けなく呟いた私は今、横浜に来ている。

用事としては『オカしな』の取材で中華街に行くからだけど、それより早く前乗りして、青葉台の方に足を伸ばしている。こっちの理由は簡単で、先日に呪われる荷物の件で〝助葬師〟に相談をくれた人が住んでいるから。

『不安なようでしたら、その荷物をこちらで預かります』

連絡してくれた人には、そんな風に返信するのが精一杯だった。まさか他にも大勢受け取ってます、なんて答えられないし。せめて私の方で回収して、少しでも安心させられれば良い。それに三隣亡の呪いなら、所有者が移った時点で呪いの対象も変わるはず。

まぁ、祓えないとヤバいのは私になるけど。

そんなことを考えながら、ＤＭで教えてもらった住所に向かう。起伏のある街を歩いていると、茶色い外壁の背の低いマンションが見えてくる。平然と中に入って、無数に並んだ郵便ポストの中から一つを探す。

「あった」

ポストは半開きで、そこに小さな段ボールが詰め込まれていた。相談してくれた人にとっては、少しでも部屋から遠ざけたかったんだろう。私としても、手渡しじゃない方が気軽で助かる。

そうして呪われる荷物を回収したところで、チラと時計を見てみる。そろそろ昼過ぎで、『オカしな』の遠山さんとの待ち合わせが迫っていた。

段ボールの中身を詳しく調べる時間はない。まさか持ち歩く訳にもいかないし、帰りの駅のロッカーにでも詰め込んでおこう。

ここで情けなくお腹が鳴る。昼ごはんを食べ損ねてしまった。

「ご迷惑を、おかけしました」

私の目の前で、ひょうきんな顔をした男性が頭を下げてくる。

「いえいえ、遠山さんも無事なようで何よりです」

横に視線を向ければ、ベンチに背を預けて眠る遠山さんの姿がある。前に新宿で会った時よりも、さらに痩せているように見えた。

「遠山、どうも最近、調子悪かったみたいで、寝付けないとかも言ってて」

そう言うのは、先日にDMをくれていた『オカしな』の尾崎さん。今回の取材で同行するはずだったけれど、仕事を手伝ってもらうより早く、いきなり助けてもらうことになった。

そもそも今日は、遠山さんから取材を受ける予定だった。

取材場所が中華街になったのは私の希望だったけど、それは彼が送肉粽という台湾の呪いを受けているからだ。この地にある台湾系寺院に行けば、お祓いというか、専用の護符が手に入ると藤原さんが言っていた。

それで護符を受け取るところまでは良かった。でも、私がお寺から出てくると、遠山さんは調子が悪そうにうずくまっていた。大の大人を私一人で運ぶこともできず、尾崎さんにDMを送って助けを求めた。

「それにしても驚きましたよ。遠山から聞いてましたけど、本当に若い女性だったんですね」

「いやぁ、あはは」

伝えてもらっていて本当に良かった。私が必死に遠山さんを抱えようとする姿なんて、知らない人から見たらかなり異様だったと思う。

「本当に、ありがとうございました」

尾崎さんが息を深く吐いた。

今は山下(やました)公園にいるけど、ここに来るまでずっと彼が遠山さんを背負っていた。もっと近くで休めれば良かったけど、肝心の遠山さんが朦朧(もうろう)としたまま「ここにはいたくない」と言っていたから、なんとか運んできた感じだ。

「あの、羽野さん」

そこで尾崎さんは、真剣な表情を作ってから「アイツは」と小さく漏らした。

「ミノルちゃん……遠山は、羽野さんから見て、何かに呪われたり、祟られたりしてるように、見えますか？」

あ、と声を出してしまった。どうやら遠山さんの状況は、周囲の人から見ても危険だったらしい。今だって、背後に座る遠山さんから何かイヤな気配を感じている。

「あー、はい。祟られてると思います」

「やっぱり、そうですか」

「心当たりがあるんですか？」

私が尋ねると「変な話ですが」と前置きをしてから、尾崎さんが口を開く。よほど言い辛いのか、自分の首に手をかざして不自然な仕草をしてみせる。

「アイツ、首に巻くものが苦手なんですよ。ネクタイなんか大嫌いで」

「なるほど？」

「前に聞いたら、目の前で首吊り死体を見たから、って言うんです。それも三人も」

うわ、と思わず声を出してしまった。

「それって、アイツの昔の友達の家族らしいです。あの、ミノルちゃんが見せる写真に写ってる家族が、それです」

「そうなんですか」

何気なく振り返る。ベンチで眠る遠山さんは疲れたサラリーマンのようにも見えるけど、その首から上が青黒く腫れているように感じる。まるで鬱血しているみたいな。

思い返せば、初めて会った日に見せてきた写真もイヤなものだった。その時の空気と、どことなく似ている。

「ニュースにもなってましたよ。埼玉県の一家心中って言って、もう十年くらい前ですけど」

「それが、呪いなんですか？」

「いや、正直わからないです。自分、霊感ないんで。ただ、最近のアイツおかしいんですよ。首吊りに使うようなロープを買ってきて、本人は冗談だって言うんですけど、これ見よがしに首に巻いたりして」

ふむ、と頷く。首を吊って死んだ人の祟りという意味では、送肉粽の呪いと合致している。

「それにアイツが酔った時、って、人前じゃあんまり酒呑まないんですけど、それでも泥酔すると良く言ってるんですよ」

「なんてです？」

「俺はサンリンボーの呪いを受けてる、って」

サン、と繰り返してから首を捻る。何かちょっと違う。

「あの、こういうの〝助葬師〟さんなら、知ってたりしませんか？」

「すいません、サン、バーツァンですか？」

「いえ、サンリンボーだか、サンニンボか、そんなでした」

三隣亡の呪い。

どうして今、その単語が出るのだろう。

「あ！」

何かに思い至りそうな瞬間、尾崎さんが素っ頓狂な声を出した。

「しまった、ミノルちゃんが持ってたカメラ、置きっぱなしですよね。ちょっと取ってくるんで待っててください」

そう言うや、尾崎さんは再び中華街に向かって颯爽(さっそう)と駆け出していく。引き止める理由もないけど、この状況で放置されるのも困ってしまう。

だから、私は遠山さんの座るベンチに腰掛ける。私が近づくと、遠山さんの首周りにあったイヤな気配も、霧が風に吹かれるように消えていった。

多分、私が護符を持っているからだろう。あれは送肉粽の方の呪いで間違いない。

でも、まだ違う。何かもっと乾いたものが遠山さんから発せられてる気がする。全身の皮膚を四方八方から引っ張られるみたいな、痛みと痒(かゆ)み。

これは、本当に三隣亡の呪いなのだろうか。

8

　私の自宅は東上野（ひがしうえの）にある。

　横浜での取材を終えて、上野駅からバイト先のある飲み屋街を抜けての帰路。手には青いアヒルのついたカバンと、駅のロッカーから回収した小さな段ボール。

　五月の夜は過ごしやすいけど、辺りに人の姿はない。街灯の明かりは曖昧で、ぼうっと建物が影絵みたいに浮かんでいる。

　やがて見えてきたのは、築四十年のアパート。リフォーム済みだけど、二階へ上がる階段は不安になるくらいに軋む。

　で、そんな愛（いと）しの我が家の玄関先に小さな荷物が置かれていた。

「私、ファンじゃないんだけどなぁ」

　共用廊下の古い電灯がプツプツと音を鳴らす。両隣に住人もいないし、この荷物は間違いなく私のところへやってきたはず。こんな形で藤原さんから転送されてきた荷物もあるけど、今回ばかりは違うようだった。

「宛先、うちだ」

　荷物を拾い上げて、片手にある同じような段ボールに重ねておく。薄暗い電灯の下ではよく読めないけど、送り状にあるのは私の家の住所のようだ。

なら、送り主は？

玄関を開けて室内灯を点ける。これで送り状を確かめれば、呪いの正体もわかると思った。この荷物が超常的な現象で送られていない限り、運送業者の人が判別するのに必要な情報はあるはず。

でも、そう上手くもいかないようで。

「これ、家で印刷したやつだ」

送り状は印刷したA4紙を分割したもので、肝心の送り主の部分はインクが滲んで読み取れない。かろうじて埼玉県という文字と番地だけがわかる。

「ちゃんと書けー」

普段だったら軽い荷物はベッドの方に投げているけど、今回はさすがに乱暴には扱えない。手洗いだけを済ませて、着替えもせずに二つの荷物を小さなテーブルの上に置く。

ペン立てからハサミを掴み取って、私宛の荷物に突き立てる。躊躇はない。この中に入っているものの予想はつく。さっきからずっと、イヤな気配があるから。

「あらら」

荷物を開封し、詰められた綿を掻き分けてみれば、そこに何かのパーツじみた硬質のものが入っていた。

言ってしまえば、確かにそれはパーツだろう。

「歯だ」

エナメル質の光沢も少しだけ残っている。見慣れているけど、見慣れていない。上顎についてる大きな前歯が二つ。

机の上にティッシュを敷いて、その上で荷物を逆さまにする。コロコロと音を立てて二本の歯が躍り出る。それ以外には何も入っていないようだった。

この歯に、全てのイヤなものが詰まっているように思えた。それこそ虫歯のような痛みと喪失感。指でこそげば、ボロボロになった歯が崩れていくみたいな感じ。

その歯を見ていると、急に寂しげな感覚が押し寄せてきた。何かに助けを呼ぶみたいな、悲痛な叫びが聞こえるようで。

「もうすぐ、見つけるから」

大丈夫だ。この呪いの正体も、きっとすぐにわかる。そうすれば終わりにできる。終わらせよう。

私は手近なところに置いていたノートPCを開き、ウェブ上で関東の地図を表示する。そして、横浜と上野の二箇所をピン留めしておく。

これまで数日かけて、ネット上で見つけた呪われる荷物の届け先をチェックし続けた。荷物の写真があったものは送り状などから大まかな場所を特定できたし、わからないものは〝助葬師〟のアカウントからDMで尋ねてみた。

そうして判明したのが全部で十一件。東京都、神奈川県、千葉県で五件、そして埼玉県が半数以上で六件。これだけ見てみれば、大まかに呪いの中心がどこにあるのかも予想がつく。

でも、まだダメだ。もっと調べないといけない。

私は横浜の人から受け取った荷物と、ついさっき自分の元に来た荷物の送り状を確かめる。送り主の情報は少ないけど、この荷物を扱った業者のことなら記載されたコードからわかる。別々のところからだと厄介だったけど、どちらも同じ営業所を経由していた。

「ここだ」

ネット上でコードを入力すれば、簡単に営業所の名前もでてくる。場所は埼玉県の入間（いるま）市、下藤沢（しもふじさわ）。

別のタブで開きっぱなしにしていた地図に、色を変えたピンを突き刺す。パズルの最後のピースをはめるように、場所は武蔵（むさし）藤沢駅。俯瞰（ふかん）するように見てみれば、そこが各地のピンの中央に居座っているように見えた。

「埼玉県の……」

そこで不意に思い出すものがあった。夕方に尾崎さんが言っていた埼玉県の一家心中。遠山さんと関係があると言っていたけども。

イヤなものが周囲を覆っていくようだった。黒い煙が部屋に満ちていく。息苦しい。早く調べないと、早く。

今日を逃すと、もしかしたら。

「あった」

ネットで古い新聞記事を見つけた。

もう十年以上も前の事件で、埼玉県の入間市で家族二人が亡くなったという。母親が次男を殺害し、自らも首を吊って亡くなった。長男も同時に殺害されそうになったが、そこに父親が帰宅し、彼の友人と一緒に救出して一命をとりとめた。

これも符合している。場所は近い。偶然？　違う。何か因果があるはず。そうでないと、遠山さんを蝕んでたイヤなものの理由がつかない。あの人も三隣亡に呪われているなら。

今度は地域を限定して話題を集める。ネットにはローカル掲示板があるし、街の情報だって転がってる。普通なら近隣の施設の情報なんかがあるけど、それとは別に、まるで井戸端会議みたいな、個人の家を特定して口さがない誹謗中傷するものもある。

『あのゴミ屋敷、なんとかしろよ』

事件の起きた近辺を指定して、ローカル掲示板の雑談を流し見していく。

『ゴミ屋敷の主人飯野健吾』

『一家心中を起こした飯野家』

するといくつかの単語が重複し始める。ゴミ屋敷、飯野、一家心中。それ以外にも汚い言葉が並んでいて、見ているだけでイヤな気持ちになってくる。でも、それを耐えて言葉を拾っていく。

『全員死んだでしょ』

『息子が残ってる。見たことないけど』

『離婚したんじゃないの?』

『死んだんだろ』

『飯野の家を見てたら親父に怒鳴られたわ』

何度か出た飯野健吾という単語を拾って検索すれば、さっきとは違うニュース記事が現れる。あの一家心中で子供を助けた父親の名前だった。

『あの家、呪われてるだろ』

再び掲示板に戻れば、とてもイヤな言葉が目に入ってくる。

『何年か前にも隣で火事があっただろ』

それを知って、今度は入間市周辺で起きた事件や事故に絞って調べることにした。

そうして出てきたのは、五年前にあった住宅火災の記事だった。こっちは住宅が全焼し、一家三人が亡くなったものだ。残っていた写真を見れば、広い空き地に焼け落ちた家があり、その横に白い家が建っていた。

全部が全部、一軒の家を中心に起こっている。

さらにウェブで地図を開いて、航空写真へと切り替える。火事の写真にあった白い家を探す。似たような家は多いけれど、両隣が空き地になっているものは少ない。やがて高いところを飛んでいた鳥が、獲物を見つけて急降下していくように、私の視線が地図上の家を目指していく。場所は武蔵藤沢駅の近く。

「ここだ」

ふっ、と息を吐き出す。ずっと呼吸を止めてしまっていた。

「呪いの核だ」

思わず立ち上がった。黒い波が足元に迫っているような気がしたから。

まだ呪いの正体は掴めていない。あの家にいる誰かが、呪いをあちこちにバラまいているとして、その犯人は誰だろう。一家心中で亡くなった家族の怨念か、それとも生き残った父親か、あるいは——。

「でも、変な散らばり方。神無リオンのファンは全国にいるのに、荷物を送りつける相手の住所が偏ってる」

地図上でピン留めした場所をズームする。

埼玉県内で荷物が届いたのは、さいたま市、次に白岡市、熊谷市、長瀞町。あとは呪いの中心から近い所沢と東松山だ。それが都内だと練馬、上野、葛西になり、千葉は浦安、神奈川は横浜とバラバラになっている。

「上野は私の家として、上野……？」

あ、と不意に思いつく。

「遊園地、動物園がある場所……。あとは自然公園とキャンプ場もか。近くの土地は出ていける行動範囲。そっか、どれもこれも子供が行く場所だ」

それに加えて、新たな疑問も湧く。

もし子供が犯人なら、果たして三隣亡の呪いなんてものを理解しているだろうか。もっと別の意味があるとしたら。

アレは送られた相手に知られずに、贈り物が腐ったら家が破滅するというものだ。なら、今回の呪いで腐るものはなんだろう。送られてきた爪、髪の毛、歯、皮膚。誰かが自分の体を剝がして、他人への贈り物にしている。

「そっか」

呪いをバラまく犯人の姿が、わずかに見えた気がした。

「助けて、欲しいんだ」

呪いの正体はわからないけど、どうして呪うのかは理解できた。

この呪いの主は、自分の体を削って他人に贈っている。それは自分を見つけてもらいたいから。無人島でＳＯＳの手紙を瓶に詰めて流すように、自分の存在を外へ知らせようとしている。もしかすると、家の外に出られないのかもしれない。生きているにしろ、死んでいるにしろ。

「だから、呪ってる」

　もし、助けてくれないなら、死んでしまえ。

　開けられた箱の中から、そんな叫びが聞こえた気がした。

「助けますよ」

　私の部屋は殺風景で、大したものもない。ただ一つだけ、実家から持ってきた小さな簞笥がある。その下段を引いて、中にある白い着物を丁寧に取り出す。

　あの時のお祖母ちゃんと同じ格好。白い衣と薄い素襖、紫の袴。それに着替えれば、自分の役目も自然とわかってくる。

「藤原さん、は」

　最後にスマホをチェックすれば、藤原さんは神無リオンとして配信中だった。彼も最近の呪われる荷物について話しているようだ。一応の連絡は入れておくけど、この様子では協力してもらえそうにない。

　つまり、私がやらないといけない。

「私、困ってる人を助けますよ。お祖母ちゃん」

　それは生者であれ、死者であれ。

9

現地に着くまでの間に、古河さんからＤＭがあった。それも〝助葬師〟の方に。

どうやら神無リオンが〝助葬師〟のことを伝えたらしく、他にも何件かＤＭが来ている。

でも、一度に処理することはできない。だから古河さんにだけ返信した。

三隣亡の呪いは、贈り物が腐る前に確認さえすれば解ける。このまま現地に行けば呪いを解くことはできるはず。確実なのは現地で近くにいてもらって、一緒に贈り物を見つけた、という扱いになること。

だから、現地に来てもらう古河さん以外の人の呪いが解けるかはわからない。私は古河さんを選んだ。

以前に、藤原さんから「誰を先に助けるか」と問われたのを思い出す。それで結局、私は自分が知っている人間を選んだ。やっぱり冷血人間なのかもしれないや。

それだけの思いで呼び出した古河さんだって。

「なんで、アンタがいるのよ」

などと身も蓋もないことを言ってきた。

だからといって落ち込んでられない。私は古河さんを助けるためにできることをする。

それに助ける相手は彼女だけじゃない。

「それで」

二人で話しながら夜の街を歩いた。地図で確認するまでもなく、目的地の近くまで行けば十分にわかる。

一軒の家からイヤなものが溢れている。

くすんだ灰色の建物。両隣は空き地になっていて、言いようのない臭いが漂っている。まるで建物自体が、紐で雁字搦めにされた荷物にも思える。

「こちらのお宅、周囲で有名なゴミ屋敷らしいです」

きっと、この中には悪いものが詰まっている。

本当は古河さんには外で待っていてもらいたかったけど、彼女からの質問に答えているうちに一緒に入ることになってしまった。

家の中は荒れ果てていて、あちこちにゴミ袋が散乱している。スマホの照明を向ければ、暗闇の中をネズミが走っていって、ゴキブリやハエも逃げていく。

きっと、これは手遅れで、手遅れだから始まったんだろう。

古河さんより先行して、家のリビングに光をかざした。この場所からイヤな臭いが溢れてくる。息を吸うのも精一杯なくらいの悪臭で、その元になっているものも理解できる。

「こっちは、正解だけど、正解じゃないみたいです」

古河さんを心配させたくないから、そんなことを言った。

リビングのソファに人が寝転がっていた。でも、生きてるはずがない。お腹は溜まったガスで突っ張っていて、手足も膨張していて、破れた皮膚から黄色い膿汁が滴っている。

アレはきっと、この家のご主人だろう。飯野健吾という名前だったはず。

死体に見覚えがあるというのも変な話だけど、私は一度だけ彼を見たことがある。以前に遠山さんが見せてくれた写真の中で、子供の肩に手を置いていたお父さんだ。じゃあ、一家心中で亡くなったのは、あのお母さんと、その子供だろう。

じゃあ、もう一人いる。

「古河ちゃんは外で待っててください」

イヤな気配が頭の上から降ってくる。黒い煤のような、もしくは硫酸のシャワーみたいな。

私はリビングから離れて、廊下の奥へと進んでいく。そこは吹き抜けになっていて、二階に続く階段がある。私はその一段目に足をかける。

「ねぇ、大丈夫なの？」

背後から古河さんの声がする。心配してくれるのは嬉しいけれど、早くここから立ち去って欲しい。

でないと。

何気なく壁に手をついた時、イヤなものに触れた。思わずスマホの光で照らせば、そこに黒いシミがあった。ただのシミだというのに、誰かから手を握られたような感触がある。声をあげそうになるのを必死に堪える。古河さんを心配させてはいけない。もうすぐ、もうすぐで終わる。

二階へ辿り着く。床の軋む音がする。それに混じって、階段の手すりからも奇妙な音がした。何かを引きずるような。

「大丈夫です」

もう少し。イヤな気配はどんどん濃くなっていく。呼吸を乱したら、その場で吐いてしまいそう。

そして、一つの部屋の前で立ち止まる。

ドアノブにはコンビニ袋がぶら下がっていて、その中には何かの液体が詰まっている。排泄物の臭いを感じるが、中身を確かめる勇気はない。私は袋に触れないよう扉を開いた。

すると、そこで目が合った。

「あ」

本当は目なんて合ってない。だって、目の前にいる人の二つの目は真っ黒で、中はがらんどうだった。

ビインと、どこかでロープが切れるような音がした。

体が宙に浮いた。押されたのか、自分で落ちたのか。どっちでもいいか。私の体は手すりを越えて、吹き抜けから下へ。

痛いなぁ、ただ痛いだけだ。

耳鳴りがして、体が内側から軋む音がして、あと古河さんの叫び声が聞こえた。

体を動かすのも精一杯で、古河さんが私を掴んで、なんとか引きずってくれている。ありがとう、ごめんね。

なんとかできると思ってたけど、全然だ。私はお祖母ちゃんじゃないし、藤原さんでもない。すぐ後ろにイヤなものが近づいている。このままだと古河さんにも迷惑がかかる。

どうにか。

「たすけて、リオン様」

古河さんのか細い声が聞こえた時、玄関のドアが開かれた。街灯の光が入り込んできて、その中心に誰かいる。

「一人で来てんじゃねぇよ」

それはキライな相手の声だった。すぐ後ろにもイヤなものがいて、前方にもいる。最悪。

そこには神無リオンの格好をした、藤原さんがいた。

フッ、と体が落ちる。それまで私を支えてくれていた古河さんが、いよいよ気を失ってしまったらしい。

「べっ」

古河さんと二人で床に倒れ込む。すぐ横を何かの虫が逃げていく。

「そのまま伏せてろ」

狭い視界の中で上を向くと、前方の藤原さんが肩がけカバンから何か円盤状のものを取り出した。それをフリスビーのように振って。

ふうん、と風を切る音がした。それからガチャンと何かが割れる音。

それと同時に背後に迫っていたイヤな気配が消え去った。

「え、あれ？」

「行くぞ、アキラちゃん。立て」

「いや、ちょっと、あ、痛い痛い！　これ腕折れてるから！」

藤原さんに首元を引っ張られ、無理矢理に引き起こされる。それだけならまだしも、腕を摑まれて後ろへと引きずられる。これまで必死に逃げてきた方向へ戻される。

「待って待って、古河ちゃんが」

「大丈夫だろ。アレは決まったルートしか通らない。こっちから追い込めば良い」

摑まれたままに振り返れば、また藤原さんがカバンから円盤を取り出し、それを暗闇の奥へ投げていた。見えない場所で、ガチャン、とそれが割れる音がした。

「説明、説明してくださいよ！　なんで今さら来て、さっきから何投げてて、あとここから先行くのヤバいですから！」

「うるせぇな」

藤原さんが二階へ続く階段へ足をかける。否が応でも私も後に続くしかない。

「今さら来たのは、アキラちゃんが今日まで連絡よこさなかったから。配信終わりにDM見て、タクシー使って来たんだよ」

それで、と藤原さんが片手を肩がけカバンに入れる。目が慣れてきたからか、現れたものの正体が少しだけ見えた。

「お皿？」

それは素焼きの皿に見える。それに真ん中には絵があるみたいだけれど、墨で描かれていて暗闇の中では判然としない。

「鍾馗の絵皿だよ」

ひゅ、と藤原さんが暗闇に皿を投げた。それが割れるのと同時に、二階を覆っていたイヤな気配が少しだけ減った気がした。

「三隣亡の呪いを使う家は、昔からすじって呼ばれてる。この辺りだと、そのすじの家に向けて鍾馗が描かれた絵皿を向けたりすんだよ。鍾馗には辟邪の力があるからな」

二階まで来て、ようやく藤原さんが手を放してくれる。でも、ここで逃げることなんてできない。彼はさっき私が入ろうとした部屋へ向かっている。

「藤原さん、そこイヤです」

「知ってるよ」

藤原さんがドアを開けようとする。でも今度は、奥で何かがつっかえているのか半開きのままだ。

「おい」

その呼びかけは私に対してだと思った。でも、どうやら違うらしい。藤原さんは部屋の隙間に顔を寄せて、中にいる何かに向けて声をかけている。爪先をドアの隙間に入れて、何度も低い声で呼びかけている。まるでヤクザの取り立てだ。

「チッ、ちょっと下がってろ」

今度は私に対してだ。だから素直に従っておく。

野蛮な音が響いて、藤原さんがキックで扉を蹴破った。それと同時に部屋から黒いイヤなものが噴き出てきた。

私にも悪い霊が視えたのかと思ったけど、その正体は違うらしい。鳥肌の立つような羽音を響かせて、無数のハエが部屋の中から逃げ出してきたのだ。

随分と冷静に観察できてると思う。もっと叫んだりするかと思った。でも今は、腕の痛みと怒りで頭がいっぱいだ。

「藤原さん、ちゃんと、説明してください」

私の声など聞こえないように、藤原さんは開かれた部屋へと入っていく。この家で一番イヤな気配が詰まっている場所だ。まだ絵皿を投げているのか、奥からパリン、パリンと音が響く。

「アキラちゃん、来な」

恐る恐る私も部屋に入る。

窓のレースカーテン越しに、街灯の光が差し込んでいる。照らし出されるのは、沢山の段ボールや、ペットボトル、お菓子の袋、あとは漫画や雑誌が転がっていて、勉強机の上にはデスクトップPCがある。

「数年前かな、ネットで俺に……、〝助葬師〟に助けを求める書き込みがあったんだよ。父親が三隣亡の呪いとか言って、いつも殴ってくるって」

そう言いながら、藤原さんは部屋の中を荒らしていく。あちこちに絵皿を投げつけて、散らばったゴミを蹴ってスペースを作っていく。

「俺は、その可哀想な相談者にアドバイスした。三隣亡の呪いへの対処方法、それから、三隣亡の呪いの扱い方」

「それって」

私の視線がデスクトップPCの方へ向く。埃をかぶっているが、数年前まではずっと使われ続けただろうもの。

「そうだよ。この三隣亡は、俺がアレに教えた。そのせいで、厄介なことになってる」

　これが三隣亡の正体。藤原さんが自分のところへ回せと言った理由だった。呪いを広めたのは彼ではなく、彼が呪いを伝えた誰か。

「あの時、俺は個人の連絡先として神無リオンのアカウントも相談者に教えた。それでアイツは俺を追って呪いを送ろうとした。それが俺のファンの方へ送られたのは、ただの嫌がらせか、それとも――」

「なんです？」

「あえて送り先の土地を選んだ。嫌いな場所だったのかもな」

　私は思い出す。荷物が送られたのはファミリー向けの施設がある場所で、それは本来なら子供の楽しい思い出になる土地だ。それが、この送り主にとっては呪いを振りまきたい場所だったとしたら。

「悲しいですね」

　藤原さんの表情が一瞬だけ苦しげなものになった。それを誤魔化すように、大きく舌打ちをしていた。

「隠れてんなよ」

　藤原さんは部屋の中を荒らしていく。その度に積み重なった埃と黒い虫が散っていく。

「なぁ、アキラちゃん。イヤな気配わかる？」

藤原さんが振り返る。こんな状況でも、どこか楽しそうだった。

本当は伝えたくなかった。

この部屋に入ってから、寂しくて、辛くて、悲しい気持ちが溢れてくる。そのイヤなものが押入れの方にあるのはわかっているけど、こんなに弱々しい存在を彼に教えたくなかった。

「そこだな」

でも、私は押入れを指差していた。この呪いを終わらせないと、誰も助からないと思ったから。

「アキラちゃん、こっち来な」

藤原さんに誘われるまま、ゴミの散らばった部屋を横断する。二人で押入れの前に立つ。

イヤなものが隙間から漏れているようだった。

「アレは、呪いとしては強くない。アキラちゃんだって、手順を踏みさえすれば簡単に祓えた。でも対応を間違えた」

「間違え、ましたか?」

「そうだよ。アキラちゃんは、呪いの元にあるものが子供だと思った。助けを求めてる可哀想な霊だ。部屋から一歩も出ずに、父親から虐待された可哀想な子供だって」

藤原さんが押入れの取っ手に指をかける。

「アレは母性愛とか、家族愛とかによく憑く。優しくすると、つけあがるんだよ」

それは残酷な儀式のように見えた。

誰かのための贈り物を、箱に入ったそれを無残に引き出すみたいに。もしくは、蝶になる直前の蛹を引き裂くみたいに。

でも、そこから出てきたものは、ひたすらに黒い何かの塊。

「こんなところに、いたか」

藤原さんが絵皿を投げた。それは黒い塊にぶつかって、衝撃によって黒いものが大きく膨れた。

それは人間の形をしたハエの群れだった。

思わず口を押さえて目を瞑る。ハエの洪水が体を通り過ぎていく。全身にザワザワと小さな痛みが走る。やがてそれが終わって目を開ければ、そこに人間の体がある。

手足を縮ませ、身を丸めて、まるで押入れの中にいる胎児。

その目も口も空洞で、体は痩せ細っていて肋骨が浮き出ている。カチカチと皮膚の上で蠢いているのは大量のシデムシで、足元にはネズミがいる。

「コイツは子供じゃなくて、何年も家に引き籠もってたオッサンだよ。まぁ、生きてるうちは他人に迷惑もかけなかったんだろうが」

その時、シデムシたちが相争って死体の皮膚を剝がすのを見た。足元のネズミが数の少なくなった指の爪をかじって剝いだ。そうして体のパーツを奪った生き物たちは、外の世界へ向けて逃げ出していく。

あのネズミや虫は、もしかしたら誰かの家に贈り物をしにいくのだろうか。この体の持ち主が、そう望んだから。

「つい最近まで生きてたみたいだな。死体はまだ腐っちゃいない。ああ、そうか。父親が死んだから、食べ物をくれる人間がいなくなって餓死したんだな」

部屋の中を飛ぶハエに混じって、ふとイヤな気配が私たちの横をすり抜けていった。だから私も藤原さんも振り返っていた。窓の向こうに光を見た。風もないのに揺れるレースカーテンを見た。

「良かったな。これでようやく、外の世界に出られるぞ」

その時、バン、と何かが窓ガラスを打った。

「こんな家、早く捨ててしまえ」

藤原さんが絵皿を構える。最後の一枚は窓ガラスとぶつかって、今までで一番派手な音を響かせた。

あは。

笑い声が聞こえたような気がした。それを最後にして、この家を覆っていたイヤな気配は消え去った。

10

朝焼けの中、私は古河さんと肩を並べて駅舎のベンチに座っている。

もう始発は走っているけど、古河さんは未だに寝息を立てていて、いつ目を覚ましてくれるかもわからない。私も腕が折れてるか脱臼してると思うから、なるべく早く病院に行きたい。でも一人で帰ることなんてできない。だから、早く起きて。

遠くでパトカーと救急車の音がする。

それが例の家に向かうものかは知らないけど、きっと今頃は色んな人たちが大慌てしているはず。後始末は藤原さんが全部やると言っていたけど、部屋に散乱する絵皿の破片とか、片付けきれるのだろうか。

「私は、助けられたのかな」

あの家に隠れていた死体。呪いを各地へ送っていた張本人。

その人物は、飯野シュウという名前らしい。

藤原さん曰く、かつて〝助葬師〟としてネット上で飯野さんと何度かやり取りしたことで、呪いの矛先に自身が選ばれたんだろう、とのこと。ただし、それがどうやってファンの女性のもとへ届いたのかは不明。

合理的に説明するなら、藤原さんが神無リオンの配信で言ったように、ネット上に漏洩した個人情報を集めて一つずつ紐付けていったから。その場合、飯野さんは自分の命が尽きる直前に全ての荷物などを用意したんだろう。まだ生きている間に、自分の爪や皮膚を剝がして、一つずつ丁寧に梱包して。

でも、私は別の想像をする。

飯野さんは誰にも助けてもらえずに、たった一人で死んでしまった。その死後に、彼を哀れんだ沢山の虫やネズミが、次々と彼の体を剝いでいって、せっせと各地へ送る手配をしたんじゃないかと。

まるで、童話にある幸福な王子みたいに。

それから数日が経って、私は『オカしな』の取材を受けることになった。今度こそ本格的な撮影になる予定で、ばっちりメイクもしてきたし、服だって上品なものを選んできた。ただし、私は腕を三角巾で吊るしているし、カメラを持ってきた遠山さんも不自然なくらい傷だらけだった。

そんな訳だから、まず二人して笑った。

「ねぇ」

そして今日は、私の大切な友達が同行してくれている。表向きは私が無茶しないように見張ると言っていたけど、きっとごく普通の親切心からだと思う。

「貸してあげたネックレス、失くさないでよね」

「あはは、大丈夫ですよぉ」

河川敷で古河さんと二人、風を受けて立っている。遠山さんは撮影ポイントを探して歩き回っている。

「ところでアンタ、本当にリオン様の恋人じゃないのよね？」

「あははー、ありえませんよぉ。何度も言いましたけど、あの人は私の兄弟子みたいなもんです。一緒の道場だったので」

嘘は言ってないから、自信満々に答えておく。あの日以来、こんなやり取りも数回目だ。そして、それを聞いた古河さんは満足そうに笑ってくれる。

「じゃあさ、アンタのこと利用しても、迷惑じゃないよね。ねぇ、贈り物とか、アンタ経由で渡せたり……する？」

「あー、良いですよ」

「チョコとか、喜んでくれるかな？」

「爪とか髪の毛とか入れてなければー」

右の脇腹に痛みがある。小突かれたにしては、いくらか力が入ってる気がする。でも悪くないな。今の古河さんなら、もっと仲良くなれそうだ。

そんな風に思って横に並ぶ彼女に視線を移す。

すると、彼女の背に澱んだ空気がのしかかっている気がした。腐った野菜みたいな饐えた臭い。とてもイヤなもの。

「ねぇ、古河ちゃん」

どれだけ爽やかな風が吹いていても、彼女の背にまとわりつく空気は離れてくれない。

「もしかして、古河ちゃんの家族か親戚に、埼玉県出身の人とかいます？」

「なに、急に」

「いやホラ、この間、武蔵藤沢駅って言って、すぐ来てくれたじゃないですか。だから土地勘あるのかなぁ、って」

「ああ、それね。お母さんが秩父(ちちぶ)生まれだからさ」

そうですか、と返しておく。

古河さんの背にあるイヤな気配は未だ晴れていない。それは湿っぽくて、包み込むようで、でも気を抜いたら溺れてしまいそうで。

家族の愛情に、良く似ている。

「古河ちゃん、お母さんと仲良くしてくださいね」

「なに言ってんの？」

そこで遠山さんの声が聞こえた。良い撮影ポイントを見つけてくれたみたいだ。

私はゆっくりと河川敷を歩いていく。

周囲を見渡せば、多摩川の水面にイヤな気配は無数にある。近くで遊ぶ子供や、家族連れにも。虫にも、鳥にも、草木にも。ほんの少しずつだけど、どこにだってイヤなものは溢れている。

私は、そんな孤独で寂しいものを、一体どれだけ助けられるのかな。

〈了〉

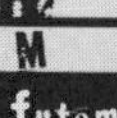

作品に関するご意見、ご感想等は
東京都千代田区神田三崎町 2-18-11
fHM文庫編集部まで

本作品は書き下ろしです。

スーサイドホーム

2022年5月20日　初版発行

著者……………………柴田勝家（しばた かついえ）

発行所…………………二見書房
東京都千代田区神田三崎町 2-18-11
電話　03-3515-2311（営業）
　　　03-3515-2313（編集）
振替　00170-4-2639
印刷……………………株式会社堀内印刷所
製本……………………株式会社村上製本所

乱丁・落丁本はお取り替えいたします。
定価はカバーに表示してあります。

ISBN978-4-576-22067-3

https://www.futami.co.jp

二見ホラー×ミステリ文庫

化け物たちの祭礼――呪い代行師　宮奈煌香

綿世 景［著］　七原しえ［画］

呪いを払うのではなく身代わりとなって呪われる〝呪い代行師〟宮奈煌香。猫を使役する呪いの依頼が続き呪術者を探すが、それをきっかけに日常が変わり始める。

前夜祭

針谷卓史［著］　遠田志帆［画］

真夜中の校舎ではじまる殺人の狂宴――学園祭前夜、一人の教諭が異常な姿で惨殺された。恐怖にかられ職員室に閉じ籠る教員たちを襲うモノの正体とは――

沼の国

宮田 光［著］　Re。［画］

黒沼の畔に母と姉弟で引っ越してきた亮介。明るい未来が待ってると思っていたのに、待っていたのは繰り返される恐怖だった。亮介はある決意を固める。それは――

ゴーストリイ・サークル――呪われた先輩と半端な僕

栗原ちひろ［著］　LOW RISE［画］

視えるけど祓えない半端霊能者の浅井行。今日も怪異の電話と怪奇な訪問に悩んでいた。ある晩、幽霊を祓うのではなく共存する「怪異のやり過ごし」を提案され？

怪を語れば怪来たる　怪談師夜見の怪談蒐集録

緑川聖司［著］　アオジマイコ［画］

家賃の安さに惹かれて引っ越した西野明里。その日の晩から壁を叩く音が鳴り響く。高校の同級生の美佳に愚痴を吐いたところイケメン怪談師・夜見に紹介され――

ヒルコノメ

竹林七草［著］　げみ［画］

祖母の葬式のため、やってきた奈良郊外。そこで見かけたのは歪な人影だった。その後、身のまわりの人々が首に細く赤い痣を浮かべ、次々に凄惨な死を遂げていく。